U0044399

5

我的8號女友

高小敏

——著

目錄

尋找愛情的答案

鼎鼎有茗茶葉公司總經理　劉錦年

　　妳是什麼星座？適不適合與獅子男談戀愛？快來《我的 8 號女友》書裡找尋線索；一直在等待愛情的各種星座女生們，趕快去書店買這本小說回家仔細閱讀，就會有答案。

　　這是一本有著八段愛情故事的青春文學小說，祝賀高導演第十一本青春文學愛情小說《我的 8 號女友》，銷售第一新書大賣。

推薦序
祝你早日脫單

藝人　姜承鳳

　　認識小敏哥二十五年了！

　　他是演藝圈的資深製作人，正直剛正，實屬一個好男人，希望小敏哥早日找到真命天女。祝賀最新作品《我的 8 號女友》青春文學愛情小說，新書大賣銷售長紅，單身男女快去書店買來看，一定可以順利脫單。

女性成長勵志愛情小說

欣悅弘圖科技公司創辦人　果果

　　恭禧敬愛的小敏哥出版《我的 8 號女友》青春文學愛情小說，非常期待閱讀這本最新著作。

　　做為一名作家導演及資深電視製作人的小敏哥，給人感覺溫文儒雅的氣質，平易近人為人低調謙卑，而且特別有愛心，常常號召企業家一起做愛心公益活動關懷弱勢。

　　期待小敏哥持續創作出更多小說好作品，能以電影

的製作形式搬上大銀幕，讓更多的人看到，各大電影公司董事長趕快來找高導洽談影視版權。

現下科技時代，年輕男女追求的真心愛情，比任何時候更難獲得，在這本最新愛情小說故事裡，一定能夠找到自己的影子，大家記得要去買書來看，尤其是還沒有另一半的，看完了愛情就來了。

祝賀小敏哥新書銷售長紅，期待高導創作出更多女性成長勵志愛情小說出版上市。

最浪漫的星座愛情故事小說

高級形象設計師　劉芳

　　星座與愛情之間的關係，彷彿就是美食食譜與食客之間的關係，可以全方位的了解與參考。

　　當我想了解一個人的時候，會自然的問他的星座，聊到與對方同頻率的話題，建立彼此很好的關係。

　　看到小敏導演的新書《我的 8 號女友》，描寫不同星座間的愛情時，我已經摩拳擦掌翹首期盼啦！

　　我先生也是獅子座，而我是大射手，這份共同點，

讓我更加期待，這本八位女主角星座女，與男主角獅子男的星座浪漫愛情故事小說，相信出版後一定會造成女性讀者的搶購。這本書太適合沒有男朋友及有男朋友的女生看，看男生們到底在想什麼。

高導是一位高情商、情感細膩的人，每次與他聊天心中都暖暖的，就像初次見到他一樣，對人非常紳士謙和好相處。

他寫的小說都是針對女生寫的正能量成長勵志小說，他就像是我的人生導師，指引著我人生方向，使我了解人生百態走入人心，學習能夠處理好各種人際關係。感恩有小敏哥一直以來的陪伴和支持，感謝人生道路上有您。

無論是正在戀愛及等待愛情的男女，或正在努力工作打拚生活的人們，推薦大家一定要看這本小說，讓你對男生與女生的交往，有更多的了解。

　　謝謝小敏導演寫出這一本女性成長勵志故事的小說，讓廣大的女性在生活中及事業上，有更明確的人生目標。

　　女性朋友們趕快去書店買書，大家一起支持高導繼續創作出更多女生看的勵志小說。

當獅子座宅男，尋找真命天女

真開心，我又要出新書了。

《我的 8 號女友》，是我寫的第十一本青春文學愛情故事小說。看宅男如何成功追求八位漂亮美麗的星座女，最終如何得到 8 號巨蟹女友真愛的愛情故事。謝謝大好文化出版公司發行人胡芳芳女士，全力支持原創文學小說出版上市。

這是一本針對單身男女所寫的小說，許多男女為了一點小事而輕易放棄兩人感情，許多人從陌生朋友到相

識相處相愛，只有真心付出真感情，才會明白其中的道理。有的人重麵包輕愛情，有的人重愛情輕麵包，各有各的支持者，惟有當真愛永遠的離開永不回頭，才會知道其他任何條件的問題都不再是問題了，兩個人齊心努力去克服困難，就難不倒彼此。

獅子座的男主角認識交往了 8 位女友：1 號射手、2 號金牛、3 號雙魚、4 號處女、5 號天蠍、6 號獅子、7 號牡羊，以及 8 號巨蟹。

為什麼巨蟹女能夠打敗其他星座女，最終得到獅子男的真愛？許多未婚想交男友想結婚的女生，可以來小說故事裡找尋答案。

被愛是幸福的，愛人是痛苦的，彼此真心能相愛最

好，當有一天碰到一個很愛很愛妳的人，妳一定要牢牢抓住，錯過了就沒有了；男人與女人，一個來自火星，一個來自土星，相愛容易相處難，如何能留住彼此的心，女人心海底針，看完這本書，宅男也可以成為情場高手。

想要找男友嫁老公的女人，看完這本書，就知道男人到底在想什麼，單身男女來看這一本充滿正能量的成長勵志愛情故事小說，就會知道答案。

謝謝書迷支持捧場，我最近出版的青春文學原創小說新書：7 號作品《我愛 . 機車男》、8 號作品《愛在桃花盛開的日子》、9 號作品《假如我是一個月亮》，10 號作品《我愛雪莉小姐》以及 11 號作品《我的 8 號女友》。

我的 8 號女友

故事大綱

趙建華是一位陽光帥氣的獅子座大男孩，在健身房當教練及夜店調酒師。在一次的英雄救美後，與第一任女友射手座的曉芬在一起，第二天就上床發生了關係；交往後才知道曉芬是心機女，也是一位拜金視男人為玩物的花心女，抽菸喝酒樣樣來，天天流連夜店，專找目標有錢人下手騙錢，只要給錢什麼事都可以做。有一晚建華發現曉芬手機上傳來陌生男子親密短信，跟蹤了出去，發現了曉芬與陌生男進了摩鐵，全程被建華拍影片下來，原來曉芬是在做出賣身體的事，常不告而別，但又突然出現，最後留下一封信遠走高飛。建華憤而提分手，兩人短暫的同居生活，連平版電腦及手錶都被女方偷走了，結束這不愉快的第一次戀情。

第二任女友是金牛座的購物專家韓怡秀，在一次的排隊結帳時與建華相識而交往同居。三十歲的現實主義者，為了自身的利益，不擇手段，叫男友建華大量買入公司化粧品，提升在購物台的業績，也向其他男性友人用此方法，用身體換取金錢業績，這場實力不相當的姊弟戀，女方一直主導佔著上風，而建華卻一直付出，並背負了三十五萬卡債。怡秀漸漸把建華利用完，又搭上了有錢的客戶，陪客戶上床賺錢，以滿足自己生活上的物質所需。經由趙父的分析，這段感情不趕快斷不行，以免兒子越陷越深，被騙錢，建華只好結束了被騙錢的第二段感情。

　　第三任雙魚女林琳達，二十三歲，愛抽菸、打麻將、愛玩，與建華認識在一場的婚禮現場。琳達主動追求建

華，並加入健身房當會員，藉此接近建華；送吃的送禮物，終於與建華在一起。交往後才發現，建華沒錢又負債，連一台汽車也沒有，只有機車，出去玩坐機車還常常淋雨回家，漸漸的對建華沒感覺。琳達覺得男人就是要有錢，沒有錢的能幹嘛，只要麵包不要愛情。在一次的夜店玩認識了有錢大少，開著保時捷，常來接琳達去玩，兩人大吵一架後，建華被拋棄，女方投向有錢大少，琳達並向建華說狠話，沒錢的人交什麼女友，連個車也沒有，註定要被女人拋棄。

建華連續交了三位女友，都是在不開心的情況下分手，在一次購買愛心筆的機緣下，認識了第四任女友，是一位大學生，建華覺得天愛與自己年齡差不多，應該

會有很好的結局，但這一次的戀情，同樣的敗給了金錢現實，又是有錢人來搶女友，原來天愛也是貪錢的拜金女，沒有例外。

下一任女友交了一位黑道千金，建華又是吃足了苦頭。愛酗酒的第五任女友許思思，把花店砸了，只要喝酒醉了，就成為了暴力女，不喝酒時是溫柔可愛的小女人，一喝酒就成了另外一個人，雖然女友父親很喜歡建華，但趙父卻不喜歡這個全身刺青又穿舌環的暴力女思思，建華發現二人個性及家庭背景相差太多，在一起也越來越不快樂，思思又再一次的砸花店後，建華火速主動提出分手斷掉這段感情。

這一次第六任的女友雷美娜比建華大了十六歲，典

型的姊弟戀。初期備受照顧，美娜是一位女強人，照顧著建華，給零用錢、送吉普車，但天天夜晚要滿足美娜，建華快要受不了，神經質又是大女人的個性，使得建華感覺自己被包養，沒有自我的生活空間，主動提出分手，並歸還了汽車。

第七任的女友是大明星，只能當她的地下情人，生活背景不同，兩人雖然心心相印，但敵不過現實的條件與挑戰，只能走向分手之路，建華為此情傷多年。

建華度過三年的空窗期，當了宅男，也相親了三年，始終找不到合適的對象。經由友人介紹才認識第八位女友，巨蟹座的薛凱莉與獅子座的趙建華，老天安排的奇遇，兩人相識、相戀，終於有情人結為連理，結婚成為一家人。

我的 8 號女友

角色分析

一號女友

姓名：王曉芬

射手座 11/22 ～ 12/21

年齡：二十歲

個性：喜新厭舊、玩完就丟、視男人為玩物、抽菸喝酒

身高 168cm

體重 46kg

三圍 32C、24、35

　　曉芬在某一天的晚上在夜店喝醉酒，在夜店門口被撿屍，差點被兩男帶走，幸遇吧台調酒師建華看見，用泰拳擊退兩男，解救了曉芬，被建華帶回住處住了一晚，什麼事也沒有發生。曉芬遇見建華，第二天便成了女友，展開同居生活，一交往，彼此二人的壞習慣開始出現，

曉芬愛玩的個性，一再惹腦建華，曉芬不斷求原諒，而不改變愛泡夜店、抽菸喝酒行為。在一次偷吃了其他男生，被建華發現而被分手，還帶走了他的電腦及手錶留做紀念，最終只留下一封信給建華，就遠走高飛。曉芬分手後，一樣過著紙醉金迷虛榮的生活，覺得生活就是要快樂，可以用年輕身體換取物質，不斷尋找對象。

趙建華

二十二歲　健身教練、調酒師
男一　正直誠信

　　建華是帥氣陽光大男孩，在夜店吧台上班。在吧台面前的二位外貌長髮壞人樣的人，談話之間被建華聽到，今天我們二個一定要仔細看，找個女生下手，撿屍回去玩一玩。建華一直注意二人的一舉一動，在舞池上有一個喝醉酒的女生曉芬大跳艷舞，上衣全脫掉只剩下內衣，這二個人一直不懷好意的盯著她看，一路尾隨曉芬至夜店門口角落，二人上下其手，被在後面的建華喝止，學過泰拳的建華把二人打跑。面對醉得不省人事的女生只

好帶回家，發現建華是正人君子，進而二人同居，建華
受不了曉芬的各種壞習慣，二人大吵一架，交往一個月
即宣告分手。

林莎麗

十九歲　模特兒
曉芬閨蜜、享樂主義者、玩出快樂人生

　　曉芬把被建華解救的事情，告訴了閨蜜莎麗，莎麗在夜店結交不少帥哥男友，眼看著曉芬也有帥氣的男友建華，而心生不滿，表面上羨慕，私下卻設下溫柔陷阱，想引誘建華上床，被建華識破拒絕。

　　莎麗十足的心機女，與曉芬同為互相利用的酒肉朋友。

我的 8 號女友

二號女友

姓名：韓怡秀

金牛座 4/20 ～ 5/20

年齡：三十歲

個性：悶燒個性、務實主義、現實、喝酒

身高 166cm

體重 48kg

三圍 34C、25、35

工作：購物台主持人

　　怡秀某天中午來到一家非常好吃的素食店自助餐，午餐時間生意特別好，許多上班族依序排隊結帳著，小姐妳點了四個菜一白飯，共七十元，怡秀拿出一千元，老闆找不開，排在後面的建華幫忙付錢，兩人因而相識，展開一段姊弟戀情。交往的過程中，女方強勢主導，

建華像個小男人般陪伴在左右，怡秀凡事斤斤計較的個性，讓火像星座的建華，交往在一起越來越沒勁，有一次金牛心機女怡秀為了自身利益耍手段，叫獅子男建華大量買入公司產品提升自己業績，促使兩人最終走向分手一途。

趙建華

二十二歲　健身教練、調酒師

男一　正直誠信

　　建華揮別上段戀情，在素食店認識了大八歲的購物台主持人怡秀，變成了小鮮肉一枚，短短交往了二個月，已花費了二十幾萬元。怡秀會到趙爸開的花店買花，經過老爸的仔細觀察才知道原來自己不是怡秀唯一男友，只是其中一位，送花做菜送便當換來的只是背叛，被欺騙買了三十多萬元的購物台化粧品，大夢初醒，憤而分手。

高經理（韓怡秀主管）

購物台主管
尖酸刻薄的主管、眼裡只有業績

　　高經理向怡秀下達業績壓力，明天這一檔購物一定要達到此次化粧保養品的銷售額一百萬，否則下台換人做，怡秀只好欺騙建華不斷掏錢，並與客戶上床玩樂，與男方去汽車旅館，為了業績，為了金錢，為了達到目標徹夜未歸。

趙國雄（建華父親）

花店老闆
與建華的相處就像是朋友一般

　　開了一家花店，擔心兒子建華不懂浪漫，告訴孩子追女生一定要送花，了解什麼星座要送什麼花，花都有花語的。花店就開在購物台旁邊，許多主持人都會來買花，包含怡秀，殊不知老闆就是建華的爸爸。怡秀常帶不同男人來買花，並帶男人回香閨，不止建華一位男友，這一切趙爸看在眼裡，趙爸成功解救兒子建華，避免成為熟女的玩物。

三號女友

姓名：林琳達

雙魚座　2/19 ～ 3/20

年齡：二十三歲

個性：浪漫、愛玩、外向、抽菸、喝酒、打麻將

身高 170cm

體重 55kg

三圍 34D、30、36

工作：婚紗店店員

　　在婚紗店上班當店員，每天接觸不同行業的男女客人，來店裡拍結婚照，讓單身的琳達羨慕不已，很怕到了三十歲還嫁不出去，眼光太高沒有好對象，多金、帥哥、有車、有房，體力又好才能符合她的條件。在一次的結婚現場與建華認識，互留電話，主動追求建華，天

天送好吃的去健身房，索性報名當會員，一次付二年會員費給建華，追到手的琳達漸漸了解建華的習性及背景，現階段只符合體力好、帥哥的條件，其他最重要的要有錢，他沒有，又沒車，只有機車，藉著一次的機會把建華拋棄，迅速搭上有錢開保時捷的富家大少。

我的 8 號女友

趙建華

二十三歲　健身教練、花店店員
男一　正直誠信

　　被上任女友騙了三十五萬元負債，本來還要去超商打工，趙父叫他除了在健身房工作以外，還可以來花店幫忙賺錢。

　　趙父接了客戶婚紗公司結婚場，需要現場花藝佈置，建華去老爸店裡幫忙弄花，到了結婚現場認識了琳達，互留電話，建華也常常開花店的送貨車帶琳達出去玩。建華是被琳達追到手的，本來建華只把她當普通朋友，但是琳達天天展開追求的攻勢，送吃的又送花，又

一次付清二年會員費給建華，才開始兩人正式交往，成為男女朋友。熱戀時期總是甜蜜的，當二人相處後，才知道相愛容易相處難，達不到女友琳達的五大條件，只符合二條，漸漸被女友冷淡，自身條件比不過女友，最終慘遭分手。

趙國雄（建華父親）

花店老闆

　　愛子心切的趙父，不忍兒子建華被騙三十五萬，霸氣為其付清三十五萬，兒子建華爭氣的拒絕其父代還債務，趙父接到客戶婚紗店花藝場子佈置，找來兒子來花店幫忙，父子常常一塊開車送貨，感情不像父子，倒像是一對好哥們。

周露西

女　婚紗店員工、攝影師
前衛、全身刺青、愛吃美食、光頭、酗酒

在婚紗店擔任攝影師，拍攝手法前衛，深受年輕客人指定拍攝。前衛光頭造型，個性像男人，與琳達是同事又是好友，常常二人外出去夜店玩，與琳達都是吃貨群群友，常常結伴吃美食，都是大胃王很會吃。琳達與建華交往期間，常暗中破壞兩人交往，是忌妒，還是喜歡上琳達，持續煽動琳達去交往有錢公子哥。一個破窮酸相，沒錢長得帥能幹嘛的建華，露西常帶琳達出席保時捷車友俱樂部，介紹了一位富二代有錢車友給琳達認識，終於成功破壞二人戀情。

鄭老闆

幸福婚紗店老闆
唯利是圖的生意人

是琳達與露西的老闆，典型生意人，覺得人生只有錢最重要，看不起窮人，看高不看低。當他得知琳達交往一位沒什麼利用價值，沒錢的建華，就與露西聯手，破壞琳達與建華的感情。為了留住琳達，並升她為店長又加薪，成功把窮小子建華趕走。

四號女友

姓名：張天愛

處女座　8/23～9/22

年齡：二十歲

個性：愛玩、大方、拜金女、主動追求自身利益

身高 168cm

體重 48kg

三圍 34D、25、35

工作：大學生

　　在一次的街上賣愛心筆，與建華認識，之後兩人交往，隔壁班同學林春宏，運用金錢攻勢，順利的把天愛搶走，天愛是十足的拜金主義者，用錢來衡量交往的條件，當無法滿足其物質，就會換男友，找下一個有錢的交往，用以支付生活各項開銷。

趙建華

二十四歲　健身教練、花店店員
男一　正直誠信

　　建華在地鐵站入口遇到在賣愛心筆的天愛，經不住一再的推銷，買了二支筆，得到了天愛的電話，一次也沒打過，倒是天愛主動找建華到處吃喝玩樂，並住進了建華的房子，展開同居生活。建華並為其支付手機話費、買包，後來第三者林春宏的介入，用金錢成功地把天愛搶走，戀情只維持了短短的二十天。

林春宏

天愛同學
富家子、愛玩、大學生

　　天愛的前男友，當得知天愛與建華在一起後，不甘心，發誓一定要將天愛再追回來。利用自身人脈及金錢，重新追回天愛，送了一台汽車給天愛，天愛答應放棄建華，再一次當春宏的女朋友。

五號女友

姓名：許思思

天蠍座 10/23 ～ 11/21
年齡：二十五歲
個性：酗酒、暴力女、賭博、刺青、孝順、直爽個性、敢愛敢恨
身高 170cm
體重 55kg
三圍 34C、26、35
工作：金盆洗手的黑道大哥女兒，家裡開茶藝館

　　建華在街上救了許父，進而認識女兒思思。許父覺得建華不錯，希望思思可以交往，孝順的思思聽從父親的話，兩人正式交往後，發現彼此個性差很多，沒有共同興趣，建華也感到無力感。在一次的不良少年來店裡鬧事，許父被打傷住院，建華常來醫院看許父，最終由建華主動提出分手，兩人由戀人成為朋友。

趙建華

二十四歲　健身教練、花店店員、廚師
男一　正直誠信

　　有一天晚上看見前方巷子有三位不良少年在欺侮手拿拐杖的老先生，建華出手相救，打跑了不良少年，原來老先生以前是黑道大哥。老先生許金龍帶著建華來到其開設的茶店泡茶，叫來女兒思思，思思感激之餘，開始與建華交往，但思思個性暴力，脾氣不好，又愛抽菸喝酒說髒話。上次被打跑的不良少年發現了許父開的茶店，並率人拿球棒來砸店，店裡監視器拍得一清二楚，建華與思思約會完回來店裡，發現其父親被打傷，打電

話報警，思思父親被送進醫院，出院後，建華與思思的感情慢慢地淡了，覺得當朋友比當戀人比較適合，雙方在理性中分手。

許金龍（思思父親）

金盆洗手的黑道大哥
開了一家茶店，最怕女兒也最疼女兒

　　思思的父親，以前是地方的角頭大哥，因年事已高不良於行，金盆洗手開了一家茶店，育有一子天祥與一女思思。某天夜晚，被不良少年欺侮，幸遇建華解救，並邀其來到茶店，介紹女兒思思認識，並交待思思與建華交往。金龍常找建華來店裡，而建華也會介紹健身房的會員來茶店買茶，在一次的晚上，被一群黑衣人衝入店棒打設施，客人嚇跑，許父被打，天祥也受了傷，警察、救護車都來了，住院三天，傷好後，茶店整理後重新開張，警察也抓到了不良少年，經過警方調查，原來

主使者是對面的茶店老闆，同行相忌，見不得金龍茶行生意好，犯罪者都被警方帶走入獄，茶行恢復平靜，生意興隆。

許楊鳳（思思母親）

茶店老闆娘

　　楊鳳年輕時跟著金龍在黑社會混，懷了思思時，許父還在外面做暴力討債，楊鳳一人在家，不小心跌倒，大量出血，差一點保不住孩子，許父自責的告訴鳳鳳，決定金盆洗手脫離黑社會，回歸家庭，當個好父親，生下了思思，與丈人開了一家茶店，專做茶葉生意，許母炒得一手好茶。

阿忠（許父以前手下）

外表兇神惡煞，說話輕聲細語
茶店店長、全身刺青、江湖義氣

　　跟著許父混，隨著許父退出江湖，來到茶店當店長。個性有仇報仇，當大哥被不良少年打傷，阿忠找了一些小弟帶著刀要去找對方大哥報仇，許父交待已經退出江湖，不准再打打殺殺，阿忠的暴力脾氣也漸漸的轉成待人客氣有禮，但外表就像是壞人一樣，全身刺青，常把客人小孩嚇哭，最終阿忠成為許父茶店的得力助手。

我的 8 號女友

六號女友

姓名：雷美娜

獅子座　7/23 ～ 8/22

年齡：四十歲

個性：女強人、控制慾、神經質

身高 170cm

體重 50kg

三圍 34C、26、35

工作：化粧品公司總經理

　　路上車來車往，在擁擠的道路上，騎著機車的建華看見一輛閃著雙黃燈的豐田老車，停在路邊掀起了引擎蓋，應該是車壞掉了。大姐需要幫忙嗎？太需要了，小弟弟可以幫我找豐田汽車保養場的人來拖吊車嗎？這台車太老了，壞了。好，大姐，我在附近找一下應該有，

麻煩你了,小弟弟,建華在附近找到修車場,幫了美娜。美娜是外冷內熱的化粧品公司總經理,因為建華幫了她,兩人也熟識起來,進而發展姊弟戀,花店與化粧品還異業結合合辦活動,但美娜神經質個性又愛強勢控制人的作風,導致兩人走上分手之途。

我的 8 號女友

趙建華

二十四歲　花店店員、廚師
男一

　　在一次的路上幫忙而認識雷美娜，她是化粧品公司總經理，典型女強人。獨居的她，常常來電找建華幫忙家裡雜事，例如換燈泡、洗衣服、通馬桶，進而發展了姊弟戀，並獲贈了一台吉普車。交往之後，建華才發現沒有自我，沒有空間，地位不對等，被美娜強烈的控制慾壓迫著，建華最終終於爆發，要求分手，並把汽車退還給美娜，回歸正常的生活。

阿善師

廚師
精通江浙菜料理、趙父朋友

　　建華健身房離職後，除了在花店幫忙以外，又去爸
爸朋友阿善師開的餐廳學做菜。阿善師精通江浙菜，並
收建華為徒，把一道名菜紅燒獅子頭傳授給了建華，嚴
師出高徒，建華多次的製作失敗，本想放棄，阿善師教
導建華，做菜如同做人、做事，半途而廢如何能成就一
道好菜。

七號女友

姓名：楊嘉玲

牡羊座　3/21 ～ 4/19

年齡：二十五歲

個性：八種個性，因為她是演員，多情，為了上位不擇手段

身高 172cm

體重 50kg

三圍 34E、25、35

工作：藝人、演員

　　是一位藝人、演員、歌手。在一次拍 MV 時，與建華認識，互留電話而交往，交友複雜的嘉玲，經紀人告密，金主乾爸知道後，派人把建華打了一頓，花店被砸，警告不准再見面。嘉玲與建華同年齡，很有話聊，就把秘密告訴建華，兩人曾經愛得火熱，卻因為許多的人為因素而無法在一起，後來嘉玲要去加拿大拍電視劇，由嘉玲提出，兩人宣告分手。

趙建華

二十五歲　花店店員、廚師
男一

　　建華接到以前上班公司健身房李經理的電話，健身房會員馮導演看到建華的相片，找他拍 MV，與當紅藝人楊嘉玲拍 MV 而相識。多情的楊嘉玲常找建華碰面，兩人在嘉玲的車上發生了關係，兩人親密地走在一起，被嘉玲金主發現，建華被黑衣人教訓了一頓，花店也被砸了，雖然兩人相愛，但最終還是敵不過現實，兩人私下宣告分手，建華為此情傷多年。

金哥

藝人楊嘉玲經紀人
交際手段一流、金主王老闆的手下

　　是藝人楊嘉玲貼身經紀人，除了照顧藝人生活以外，任何消息都報告給金主王老闆。當他知道嘉玲偷偷交往了一個男朋友，暗中拍了相片，報告給王老闆。王老闆大怒，找黑衣人教訓了建華，一切以公司利益為主，不管藝人權益，就算藝人跪下來求他，也不為所動，為了自身利益出賣他人。

王老闆

金主兼乾爸
房地產大老、包養楊嘉玲的影視公司老闆

　　影視公司老闆，包養了藝人楊嘉玲，手上握有嘉玲長達十二年的經紀合約，為了龐大的電影投資資金，可以派嘉玲去伺候投資商金主，十足的吸血鬼，好色好賭，派出經紀人金哥二十四小時報告嘉玲行蹤，利用嘉玲賺取很多財富。

八號女友

姓名：薛凱莉

巨蟹座 6/21 ～ 7/22

年齡：二十二歲

個性：可愛、戀家、脾氣好、不菸不酒、孝順、大方主動

身高 160cm

體重 46kg

三圍 32C、24、34

工作：民宿老闆

　　凱莉與母親在淡水經營民宿，參加了新女性健康中心舉行的單身聯誼活動而認識了建華。所經營的民宿，店裡需要花藝佈置，找來幸福花店的建華佈置，兩人特別投緣，民宿與花店合作，舉行花卉包裝課，受到家庭婦女支持，座位一位難求，場場爆滿，帶動了花店及民宿的生意，兩人進而相戀。期間發生爭吵，差一點分手，註定

的緣份，終究是吹不散的，經由兩人的親朋好友幫忙，
凱莉接受建華求婚。

趙建華

二十八歲　花店、廚師
男一　有為正直青年

　　歷經前七任女友的愛情洗禮，已三年沒交女友，成為宅男。除了花店工作以外，其他都沒什麼興趣。趙父交錢報名了婚友社，幫兒子找女友，看了不下三十位長相普通、身材超過七十公斤以上的中等美女。在一次的參加客戶單身聯誼活動，而認識了凱莉，已對女生沒什麼感覺的建華，經由二家公司的業務合作，進而與凱莉熟了起來，才發覺原來凱莉才是自己最想要的女人，開始追求，最終終於抱得美人歸。

林佩君

新女性健康中心店長、凱莉與建華的介紹人

　　林佩君負責公司舉辦的單身會員聯誼活動，邀請會員及協助廠商，建華作為協力廠商出席活動，凱莉也是會員之一，經由店長介紹兩人互留名片，民宿需要花藝佈置，找來建華花店負責，兩人進而相識、相戀。

周小虎

龍鳳婚友社經理

成功配對千位男女結婚、現代媒人婆

    周小虎擔任一家成功配對過千人結婚的婚友社經理，趙父拿著建華的資料，並一次性付了三年的會費。但這三年來，相親了一百多次，沒有一次成功，周經理覺得建華砸了婚友社招牌，還是盡全力介紹其女會員，但建華還是沒有一個看上的。公司政策，凡一次性付清三年會費，在三年內沒有配對成功結婚，一律退還全部會費，並得賠十萬元。結果栽在建華身上，婚友社為了不影響商譽，不僅退還了會費，還倒貼十萬元。

薛母（凱莉母親）

快樂民宿創辦人

　　與女兒凱莉相依為命，開了一家快樂民宿，早年喪夫，獨立扶養凱莉長大，覺得人生無常，應該天天快樂過日子，不要有煩惱，與好姊妹們共同集資，開了這一家快樂民宿，與女兒凱莉共同經營。

我的 8 號女友

原創小說

〈一號女友〉

射手女 VS. 獅子男

一號女友

姓名：王曉芬

射手座 11/22 ～ 12/21

年齡：二十歲

個性：喜新厭舊、玩完就丟、視男人為玩物、抽菸喝酒

身高 168cm

體重 46kg

三圍 32C、24、35

趙建華

二十二歲　健身教練、調酒師

男一　正直誠信

林莎麗

十九歲　模特兒

曉芬閨蜜、享樂主義者、玩出快樂人生

夜店音樂聲轟天巨響，播放著華語歌手陳慧琳的〈不如跳舞〉。

建華，我這桌客人點了六瓶啤酒、六杯血腥瑪麗。好，馬上給你，調酒功夫一流的建華當場秀出調酒秀，吸引了一堆年輕辣妹站在吧台前欣賞。OK，六杯血腥好了，現場一片歡呼聲，不知道是調酒好看，還是我長得帥又很會調酒才有這麼多掌聲，是後者吧！

少年吔！兩瓶啤酒，全身台式裝扮，外貌似奸人的倆人坐定，目光已在尋找現場獵物。今天我們倆哥們，一定要找個女的帶走。建華在吧台聽見了倆人的談話，特別注意他們的言行，以避免店裡有女客人受害。倆人

盯上了正在舞台中央脫了只剩下內衣及下半身短裙的酒醉女曉芬，她搔手弄姿，手舞足蹈的跳著。就這個了，我們今天弄走這個女的。一路尾隨著曉芬，走路搖搖晃晃的曉芬離開夜店，才剛走出夜店就被倆人架走在角落裡，上下其手，欲脫其內褲。這時建華出現大叫，你們在幹什麼？小子你不想活了，別多管閒事，一拳打向建華，壞人卻被建華一腳踢中肚子，在地上翻滾喊疼，另外一個想跑，建華一大步快跑，抓住連續用手打其臉部，你們這些撿屍魔，真該死，欺侮這些女人，正在怒氣上頭的建華猛打倆人。

我告訴你們倆個混蛋，不要再來這家夜店，最好不要讓我看到，不然我見一次打一次，給我滾！

建華扶起醉得不省人事的女孩回到自己家裡，脫下上衣、短褲，抱著上床，看著身材如此好，長得又漂亮。建華內心煎熬，如果現在下手，不就趁人之危嗎？與剛剛被我打的像豬頭的倆頭豬一樣好色又無恥；克制住自己的原始慾望，拿著棉被蓋住這個身材真好的女生，關上門，建華在客廳沙發上辛苦的睡了一晚。

　　酒醒得差不多的曉芬，起來上廁所，以為是在自己家，上完後，回到床上，才發覺房間不是自己的，淡定的想著昨晚發生什麼事情，不是在夜店玩、喝酒，我是不是被撿屍了，但撿我的人是誰？帥嗎？長什麼樣子？

　　　　　　　　　　　　　　　　　　　　　　我的 8 號女友

仔細看了一下房子，才發現沙發上有一個男的在睡覺。曉芬搖醒了建華，妳起床了，美女，你是不是撿我回家的人？是啊！那你怎麼睡沙發上，而不是睡床上？床上妳睡的，我睡沙發上，那表示昨晚我們沒幹嘛！要幹嘛！妳想幹嘛？我不是隨隨便便的男人。曉芬打量著建華，你是不是同性戀，我長得這麼漂亮，身材又好，竟然沒感覺，說完便回房穿起衣服，小姐，妳叫什麼，叫我曉芬，曉芬昨夜是這樣的……。

原來是我差點被撿屍，是你救了我，對的，我救的。

被你救回你家，你沒對我怎樣？對的，沒怎樣。

你是英雄，英雄救美女。

我射手，你呢？獅子，我們都是火象星座，很合拍。

說完拿起建華手機撥了自己的號碼，這我電話，明天晚上七點我請你吃飯，我們約在一〇一見面，拜拜，我先走了，打給我。

　　真是奇女子，真淡定，被陌生男子帶回家還如此冷靜，還要請我吃飯，先睡一下再說，沙發真不好睡，還是我的床好睡。

　　到了晚上，正在吧台調酒的建華，一轉身看著一位辣妹一直在看著自己。阿光，酒好了，三桌的，這個女生視線一直停留在自己身上。小姐妳在看我，是啊！我喜歡看帥的，你就是那個帥的，謝謝，大家都這麼說，我請妳喝酒，「琴通尼」適合美女。我叫莎麗，我叫建

華，謝了，請我喝酒，美女怎麼會一個人來夜店玩？剛與男友分手，想來夜店玩一玩，看等一下喝醉了，會不會有人來撿屍？二人互看大笑著，帥哥，給你我的電話，如果想玩可以找我一起玩，謝謝你請我喝酒，美女妳好，我坐在前面六桌想邀請妳過去玩，有香檳又有美食，最重要的是有多金又帥的富家公子，好，大帥哥，走吧！一起瘋狂的玩，莎麗轉頭微笑著看了建華一眼。夜店每天上演著同樣的故事，只是男女主角天天不同人扮演著。

　　曉芬，我到了，在一〇一，到三十五樓餐廳先進去坐等我。先生幾位，二位，這邊請，等人來了再點菜，

看著窗外三十五樓美景，夜景真是漂亮。建華，曉芬妳到了，坐，這位是我的閨蜜莎麗，是妳？二人異口同聲，大笑著。你們二個認識？認識，在夜店認識的，還請我喝酒呢。曉芬心中不是滋味，二人竟然在我面前眉來眼去的，畢竟今天主人是我，早知道就不帶莎麗來了……，來，看大家要吃什麼？今天的飯局，是要謝謝建華救了我，盡量點，點這個特餐好了，比較便宜不到五百元，真划算，建華點著菜故意挑便宜的，服務生在一旁，還需要什麼嗎？莎麗一口氣點了生魚片、什錦拼盤、牛排、龍蝦、一瓶紅酒。

我也點一客特餐與男士一樣，好的，菜馬上來。曉芬心想，今天是請建華，怎麼感覺是在請莎麗，還點了

80   我的 8 號女友

這麼貴的菜，光一瓶酒就要三千元，今晚吃下來二萬跑不掉，謝謝妳曉芬，請我吃飯，應該的，要不是你，我當晚就被……。莎麗笑著，要是我喝醉酒被撿走，那就順其自然了，就當是做了一場春夢。建華心想，女人真是奇怪……。上菜了，你們的菜全上齊了，慢用。莎麗大口大口的吃著，不顧旁人的眼光，感覺就像是三天沒吃飯般的狼吞虎嚥，不顧形象吃著。建華與曉芬聊著天，我是當模特兒的，難怪身材這麼好，做模特兒身材好是基本的，吃東西也不能吃太多，會有大肚子，這個特餐份量剛好，二人邊吃邊聊著，來喝酒，謝謝你救我，乾杯，一飲而盡的曉芬不知道是開心還是心情不好，連乾了三杯。莎麗當晚一個人吃了自己點的一堆菜，又再叫

了一瓶紅酒，一個人全吃光光，真是太厲害了，可以參加大胃王大賽了，而莎麗與曉芬當晚聊了很多內心話。服務員買單，我來付好了，不行，說好的我來請，曉芬拿出信用卡，結帳，三人一同坐電梯下到一樓，莎麗問曉芬要不要去夜店玩，我不去了，那我先去夜店玩找男人。

拜拜！大帥哥！妒火中燒的曉芬，耐住脾氣，看著建華，我有點醉，兩人走著走著，來到Ｗ飯店門口，要不我們進去休息一下，曉芬主動提出：我當你女朋友，建華看著曉芬，妳確定？曉芬拉著建華來到櫃台，訂房、刷卡、上樓，一進入八〇八房，曉芬主動的脫去衣物光

著身子，二人就像乾柴碰上烈火，一發不可收拾，床上纏綿一整夜。

建華累得睡著了，曉芬抽著菸，看著窗外一〇一大樓，這個紙醉金迷，年青男女，夜夜歡樂的台北城市，看著身旁這個男的，才認識二天……。

建華一早起床，看見桌上曉芬留下的字條，上面寫著：我先走了，電聯。累了一晚，洗了個澡，便下樓退房，曉芬已付完了房錢，這一晚要價一萬六千元，這個女生昨晚花了二萬多，加上住宿一萬六，共四萬多，女人真會賺錢……。

建華努力工作著，在夜店做著調酒師吧台工作，天

天見識著男女之間的愛情遊戲，是否酒精能短暫麻醉身心靈，使人解脫痛苦，夜店天天人滿為患，高朋滿座，今天第十三天了，這些天找不到曉芬，電話留言也沒回，心裡想著她，手裡調酒調不停……。

突然口袋裡的手機微信顯示，下班後來 W，八〇八房，曉芬留……。

曉芬回信了，建華開心的一臉笑意，調出的酒也特別好喝……。

阿光，我下班了，先閃了，OK，拜……。

建華走了五分鐘來到 W 八〇八，深吸了一口氣，敲了門，一身薄紗睡衣的曉芬開了門。妳這幾天在哪？找不到妳，也不回信，建華話都還沒說完，已被拉到床

上，兩人……又翻雲覆雨……，難怪健身房生意特別好，客人都是男生。

所以，身體強壯非常重要，累得像頭豬的建華又睡著了。

累了一晚的建華，躺在床上，睜開雙眼卻發現曉芬不在床上了，起身只見在枕頭上有一張字條：建華，我先走了，晚上我會去你家，拿行李過去……，建華看著紙條，開心的大笑了起來，好吔！太棒啦！到手了。

建華洗完澡，換上衣服，便下樓辦理退房，房卡給了櫃台，建華拿出皮夾，看著只剩二張千元鈔，心想這不夠付房費的，只好拿出信用卡，準備刷卡，先生，八

○八房費已付過了，謝謝您的光臨⋯⋯

還好，曉芬付過了，不然我這張卡一刷，半個月的薪水就沒了⋯⋯。

建華今日上健身房早班，晚上夜店吧台沒班⋯⋯。早，建華，今天怎麼這麼早來健身房？小方，早！等一下有會員來上課，早點來準備。建華穿著緊身衣，衣服內的一身肌肉顯而易見，拿著啞鈴開始暖身，吸引著正在跑步機上跑步的女會員目光。

畢竟年輕又滿身肌肉，長得帥的小鮮肉，有哪一個女人不想看？⋯⋯難怪健身房生意特別好，都是女會員，建華正專心的教導女會員⋯⋯。

鄭姐，今天的練習有比較好，比上次有進步⋯⋯

　　　　　　　　　　　　　　　　　　我的 8 號女友

鄭姐，今天上的課，先到這裡，下課了，明天的課程是加強腿部的訓練。好的，謝謝建華教練今天的教導。

　　一身是汗的建華回到教練休息室，泡了一杯咖啡坐著休息，看著手機，LINE 上都是女會員的親密問候。建華知道，這麼多的女會員對自己有好感，不想感情變得太複雜，建華禮貌性的一一回覆了每一條來信，畢竟這些人都是貴人（顧客），是公司的收入來源，更是我的衣食父母，得罪不得……

　　建華 LINE 了曉芬，我正在健身房上班，下午五點就回家了，今天晚上夜店沒班，我在家，隨時可來。

　　這時櫃台小妹走了進來。

　　建華老師，你的女客人來了。

好的，我馬上過來前台。

建華回到了家，房間真是太亂了，趕快大掃除，晚上曉芬會來。

愛情的到來，當然會影響雙方的行為，只在於誰比較在乎對方，行為改變就會越大。唉！這一堆衣服，竟然放了一個月，我都沒洗，真是太髒了。看著像垃圾場的房間，這就是單身狗的日常，從現在開始，我要做一個愛乾淨的有為年青人……

建華戴上了口罩，開始清理不常用的物品，真是……想要的很多，需要的不多，這些不常穿的衣服，打包起來，明早捐給公益團體，鞋子也一堆，全捐了。

差不多了，乾淨多了，正拖著地的建華說著，叫個披薩來吃好了。喂！披薩店，我要夏威夷口味的大披薩一個和大瓶可樂，現在可以送。

看著房間，這麼乾淨，心情也舒服多了⋯⋯

大口吃著披薩看著電視，正在播放著電影《命中注定》由湯唯、廖凡主演，建華正滿心期待著等待曉芬的來到⋯⋯

九點了還不來？這時門鈴響了。

太好了，到了。建華一打開門，看著曉芬，拖著紅色大行李就進了門。建華，有什麼好吃的？肚子好餓，有！曉芬，坐這來吃披薩⋯⋯。

行李給我，建華，今天起我過來一起住。

你在看什麼電影？是《今生注定》湯唯演的，非常好看。我很欣賞這位大明星，……建華說著。當時湯唯面臨在娛樂圈的困境，沒有收入、沒有工作、沒有廣告商找她代言，只能一直花老本，一個人到國外散心，存摺內的錢越來越少，在路邊竟賣起畫來了，賺一點收入。當時娛樂線記者採訪她時，她轉念的說：再窮，不過要飯，做什麼工作都好，開心就好……。就這樣，她的心態改變，度過了一陣子在娛樂圈的低潮期，直到下一個好運的到來，成為今日的國際巨星。

　　建華，你叫的披薩真是不錯吃！我先去洗澡了。

　　建華看著這個大紅色的行李箱，這個曉芬是一個什麼樣的女人？過著什麼樣的生活？我對她真是好奇？才

認識沒幾天，現在的女生真是開放。

　　圍著浴巾洗完澡出來的曉芬，從包包裡拿出香菸抽了起來。建華，你這有啤酒嗎？冰箱沒有，妳想喝？對，我下樓去買好了。

　　建華下樓到了超商，買了二瓶青島啤酒、一包花生。

　　酒來了，一人一瓶，喝著酒的曉芬，仔細看著房間。建華你這還蠻乾淨的，衣服排列整齊擺放著，床單被套就像是高級旅館用的高級款，廁所乾濕分離真是乾淨，連馬桶都像新的，比別的男人房間還乾淨……

　　來！建華，乾一杯。

　　建華喝著酒，看著曉芬，心裡想著……，曉芬說的這一句話：比別的男人房間還乾淨，這個女生是不是常

去住在剛認識的男人家裡？

　　這時，曉芬的手機響，微信來信，她低下頭專心滑著手機，而建華看著《今生注定》電影裡，女主角湯唯終於答應與男主角廖凡生活在一起……

　　建華，我出去一下，等會再回來。曉芬面對著建華，脫下浴巾，一絲不掛的，從紅色的行李箱裡，挑出了一件洋裝，穿了起來。這房間鑰匙給妳，我等妳回來，好，建華！你慢慢看《今生注定》，我出去一下……

　　曉芬接到訊息，就急急忙忙出門了。事實上，自從曉芬在建華工作的夜店差點被壞人撿屍，救起後，再也不去那家夜店。轉戰其他家夜店，原來曉芬是夜店外圍女，專做有錢客人的生意，而這一切建華還不知道……

曉芬依約來到夜店門口，上了一台黑色賓士車，而車直接進入了摩鐵……

　　建華看著手錶，凌晨一點多了，曉芬還不回來？不管了，她有鑰匙，先睡好了，明天還有班要去健身房幫客戶上課。這時，曉芬回來了。建華，我回來了。曉芬，妳怎麼這麼晚回來，碰到壞人怎麼辦？妳長得很不安全，妳自己知道嗎？我以為妳馬上就回來了，我和好姊妹逛街喝咖啡聊天。喔！原來是與姊妹聊天……

　　女生在一起，話就特別的多，聊包、聊男人……

　　這我知道，妳們女生最喜歡聊這些話題。

這給妳，一套新的牙刷、牙膏、浴巾。

建華，真細心，比其他的男人還優秀。

睡吧！曉芬，我明天健身房早班。

曉芬全裸鑽進被窩裡，建華抱著曉芬，累得一覺到隔日早上⋯⋯。

　　每到晚上，曉芬總是像在等待誰的電話似的而漫不經心，建華這幾天發現了這一個現象。今晚又是如此，接到電話後，打扮得十分美豔外出，到凌晨二點多才回來。我夜店下班到家一點半，她卻忙到二點多，每次回來都一副很累的樣子，又滿嘴菸酒味。

　　有時回來，有時又看不見人影，也不回微信⋯⋯

到了今晚⋯⋯

正在洗澡的曉芬，手機微信又傳來訊息。

好奇心的驅使下，建華偷看了曉芬放在桌上的手機微信，看了信才知道曉芬原來在做這種事⋯⋯，信中寫著露骨的言語：曉芬美女，昨晚的床上功夫了得，今晚再次相約十一點較量，所需錢財已匯入妳指定戶頭。今晚會開新車白色保時捷車號 AB0728 在老地方夜店門口等妳，再去新開的摩鐵快活一下。

建華看完後，把手機隨手放在沙發上。跌坐在沙發上，去冰箱拿出一瓶冰茶喝了起來，暫時壓下了心中即將爆發的怒火。女生不就這樣嗎？太不專一了。還是我太專情了？

洗完澡出來的曉芬，看著桌上的手機怎麼不見了？

　　奇怪，我的手機剛剛不是放在桌上？怎麼沒看到。在這，妳放在沙發上了！

　　曉芬看著手機內的來信，在一旁的建華偷偷的看著曉芬的表情……

　　建華，我姊妹現在找我去她家打麻將，三缺一就缺我一人，我換好衣服就出門。

　　建華看著曉芬。妳這個女的，真是太會演，可以得金馬獎了，比《如懿傳》裡的周迅還會演，真是佩服。感覺這一陣子的同居生活，兩人只充滿著肉體的愉悅，卻沒有彼此的真心交往與心靈交流成長。

我出門了，打麻將贏錢回來再給你吃紅。那我就先祝曉芬一定要贏錢，給我分紅。

哈哈！妳快去打麻將吧！

曉芬一下樓，坐上計程車，建華便騎機車尾隨在後跟蹤。

車子停在一家新開的夜店門口，原來是這一家夜店，店裡的吧台調酒師還是我學弟。

建華看著曉芬在夜店門口等，我想接下來，0728 車牌的白色保時捷應該差不多該上場了。對吧？出來了。曉芬上了保時捷，而建華用手機錄到這一切，一路尾隨著，來到汽車旅館，看著保時捷進入，高畫質的手機拍

得真是清楚。

感情，清楚就好，對方只是想玩，而我想認真交往，回家吧！

回到了家，喝著熱咖啡的建華，冷靜的想著：該如何處理這件事情？這是我的第一次。第一任交的女朋友，射手座的女生是不是對感情都很隨便，愛好自由，我是知道的，常常在電視上有看到星座專家介紹射手座，是個案？還是都一個樣？

這個女的不適合我，心機女、豪放女，今天先不解決，等明晚夜店下班後回家，再與曉芬一次說清楚……，現在是凌晨二點，我就看妳幾點回來……

還好咖啡提神，再喝一杯好了。

到了三點，曉芬回到家。

妳回來了，你怎麼還沒睡？我在等妳回來分紅，是贏錢還是輸錢？看妳很累的樣子。打了一晚上的麻將，沒贏錢，輸了！沒辦法分紅給你，建華看著曉芬，想著，妳很會演，身上都是男人味，妳以為我不知道，妳剛剛做了什麼好事？

沒關係，有輸有贏的，好玩就好，倒不是我想分紅，只是擔心晚上夜晚外出不安全，妳還不回家……

我累了，我先去睡了，妳快去睡，玩了一整個晚上，當然會累，快休息吧！

一大早，建華外出去健身房上班，而曉芬在家裡睡

大覺……

　　中午休息時間，建華與同事一同在公司吃著便當聊著天，一群男生聊的話題就只有二個：女人及汽車……，就跟女生一樣……，一堆男的在一起總是聊一些五四三，沒什麼營養成份的主題。

　　今天要把這件事情解決了，建華拿起手機在微信裡寫著：曉芬，我現在在健身房工作，下班後會直接去夜店吧台上班，今晚大約十二點左右回家，我晚上回來找妳有事情，我們聊一聊。便傳給了曉芬……

　　下午起床後的曉芬，看著手機上建華傳來的微信。……

　　曉芬看完來信後，心中覺得有一點不對勁，仔細回

想著這幾天相處的生活細節……

　　突然心中浮現一個畫面，我記得有一晚洗澡後，出來找不到手機，可是我的手機明明是放在桌上的，怎麼洗澡後出來，卻變成手機放在沙發上？

　　該不會……一定是……肯定是……

　　建華看到了我的微信內容，他應該知道我的事情了？也好，早知道不如晚知道……

　　現在馬上打包行李走人，反正這個男的，我只是想要玩一玩而已。行李打包後，拖著紅色行李箱，離開了建華住處，只留下一封信及鑰匙……。

　　在夜店吧台忙著調酒的建華，看著眼前這些愛玩樂的男女，天天上演著同樣的戲碼，男人要色、女人要錢。

在夜店會有真心誠意的真感情嗎？誰是那一位幸運者？

　　下班後，建華騎著機車，回到家裡。

　　打開了門，家裡沒人，曉芬還沒回來？

　　放下了背包，看見桌上留下的鑰匙還有一封信：

　　建華，我先走了，不會再回來。我認識了比你更好的人，你的電腦及手錶我拿走了，留做紀念，曉芬留。

　　建華大笑了起來，碰到了一位讓我人財兩失的偷心女竊賊，偷了我的心，又偷走了我的東西。

　　建華傳了微信寫著：佩服妳這位女演員的演技。妳的摩鐵之旅行程我都很清楚，坐在保時捷車裡，妳應該很開心吧？

　　　　　　　　　　　　　　　　　我的 8 號女友

不想對妳口出惡言，即然要走了，還把我的手錶電腦都帶走。算了，送給妳好了，妳是我的第一任女友，妳的表現，對感情的忠貞度……妳這個射手女，不適合我，妳去找妳的自由，妳去找妳的玩樂及妳追求的物質享受，現在都不關我獅子男的事情了。

　　即刻起妳已經不是我的女朋友，我正式向妳提出分手，再見！我…不用、不用再見。

　　建華斬斷這第一次戀愛的感情，第一任的女友真是令人又愛又恨。

　　沒關係，我想下一個女人一定會更好，舊的不去新的不來，建華喝著啤酒：敬自己！加油！建華。

　　期待，下一個適合獅子座的星座女出現。

〈二號女友〉

金牛女 VS. 獅子男

二號女友

姓名：韓怡秀

金牛座　4/20 ～ 5/20

年齡：三十歲

個性：悶燒個性、務實主義、現實、喝酒

身高 166cm

體重 48kg

三圍 34C、25、35

工作：購物台主持人

趙建華

二十二歲　健身教練、調酒師

男一　正直誠信

高經理（韓怡秀主管）

購物台主管

尖酸刻薄的主管、眼裡只有業績

趙國雄（建華父親）

花店老闆

與建華的相處就像是朋友一般

揮別上段戀情的建華，來到家附近的一家新開幕素食店，排隊點菜。中午上班族特別多人，尤其是在旁邊的電視購物台，員工都是來這買便當，客人依序排隊結帳著。

　　小姐，妳這是四菜一白飯共七十元，這一千元，我找不開，那怎麼辦？我來付好了，排在後面的建華說著。先生，謝謝你，你電話多少，我還錢給你，沒關係啦！這我名片，我叫韓怡秀，記得找我拿錢，再見！建華看了名片一眼，購物專家韓怡秀，就是很會賣東西的專家就對了，笑著拿著便當，把名片放在口袋，回公司吃午餐。離開了夜店工作，過著正常的工作時間，在健身房當教練，身體也越來越健康，許多的上班族下班後都會

來這健身，這家健身房就在購物台附近，會員大部份都是上班族及購物台員工，建華除了是健身教練以外，也必須找會員加入，這樣薪水才會比較多。

中午習慣到素食店買便當帶回公司吃的建華，心想在今天碰到了怡秀，搞不好也可找她及同事加入……你不是借我錢的那個男的，我在等你電話，你一直沒打來，你叫什麼？我叫趙建華，那我叫什麼？上次見面我有給你名片，丟掉了對吧？建華笑而不語，我給你我電話，韓怡秀，0932032XXX，你給我你的，你是做什麼的？我在前面的健身房工作當教練，是喔，難怪，身材這麼壯，你都幾點上班？我是下午一點到晚上九點上班。

建華，我明天去找你，好啊，明天來找我……。到

了健身房吃著便當想著怡秀，這個女生不錯，很大方健談，難怪是主持人。

高經理，您找我嗎？對，我找妳。妳這個月的業績不是很好，妳要再加把勁，妳現在的購物專家位子，很多新人很想來坐，妳聽得懂我的意思嗎？怡秀，意思就是妳如果業績還是如此低迷，我就會讓新人來取代妳的位置。我會努力的，經理，不要把我換掉，不想被換掉就趕快想辦法把業績提上去，我知道，我去跑客戶了。

王董好，我是怡秀，公司這檔推出的化粧品，請拜託多多支持了，我的業績量不夠，請王董多進貨，需要

我幫忙嗎？您願意幫我嗎王董？晚上我們邊吃邊聊，好的王董，老地方見。

一身洋裝打扮漂亮的怡秀來到了高檔私人會所，怡秀來了，坐，服務員可以上菜了。在包廂內的怡秀脫下外套，露出低胸禮服，王董我敬您一杯，謝謝願意幫我，來，乾。

酒量不錯喔！怡秀。怡秀剝著蝦，直接放入王董口中，這蝦好吃，說吧！需要我如何幫妳。我業績不好，王董可以進貨二百萬元買產品嗎？這次是要推什麼產品，是化粧品，王董。

這筆錢對我來說沒什麼，如果我幫助了妳，妳想要

如何報答我。

　　怡秀倒著酒，一飲而盡，也倒了一杯給王董，王董如果願意幫忙，我今晚就是你的人了，你想幹嘛！就幹嘛！說完話怡秀拿起酒杯乾杯，看著王董。

　　王董看著精心打扮的怡秀，好，我買了，吃菜，喝酒。謝謝王董願意幫我。王董成了怡秀的固定金主，怡秀聰明的運用一下自己年輕的本錢，有錢人很容易上鉤的，酒過三巡，七分醉意的怡秀上了王董的豪華轎車，王董吩咐司機送去郊區私人別墅，一進房間，兩人就………。

　　隔天下午王董依約定付了二百萬購買怡秀公司產品。怡秀，幹得好！王董進貨了二百萬產品，高經理稱

讚著，就是要保持這種打拚業績精神，昨天才唸了妳一下，今天公司就進帳了二百萬，怡秀，好好幹，我看好妳，謝謝經理。

　　怡秀下班後來到了健身房找建華。妳來了，怡秀，建華你的健身房會員費如何算，我想加入會員來鍛鍊一下自己的身材，但是我加入有一個條件，是什麼條件？怡秀說著，你要當我的私人教練教我，我要身材變好。OK！怡秀，我先帶妳參觀現場的環境及設施，這裡除了有跑步機，還有飛輪、有氣課程、蒸氣室、溫水游泳池……會員素質都非常高。

　　好，我加入，怡秀刷了卡付了一年年費，這是會員

卡，明天開始就可以用了，歡迎加入，從明天起，我就是妳的私人教練。

為了慶祝妳加入，等一下我請妳去吃海鮮宵夜，女生最喜歡吃海鮮了，養顏美容身體棒。妳先坐一下，我整理一下，快下班了。

　　走吧，怡秀，二人來到停車場。怡秀看著前面停著一台新款式銀色賓士車，這個建華應該可以從他身上撈點什麼好處，走到了車面前。建華你的這台賓士車很漂亮，怡秀問著。這台汽車不是我的，我的是這一台，建華指著一台一二五 CC 機車，你騎機車喔，對啊！機車方便，安全帽給妳，坐穩，抓好，走了，我帶妳去最棒

的夜市吃海鮮。

　　到了，就這家，老闆二隻蟹、一盤蝦、一盤炒海瓜子、二瓶可樂，坐，怡秀，我常來這家吃，新鮮、便宜，整間店都是人。妳做購物台好做嗎？現在的人買東西都上購物台看電視買東西，生意應該不錯。我是主持人，也要跑業績賣產品，業績時好時壞，不一定。菜來了，客人慢用。建華剝蝦給怡秀，我來剝就好，女生負責吃，我來服務。怡秀心想，一個騎機車的應該沒什麼錢，但還蠻體貼的。燙，小心吃，建華呵護著怡秀，來，祝妳購物台生意興隆，歡迎加入健身房會員，明天開始訓練妳的身體，OK，教練。吃海瓜子，對女生不錯，多吃一點，兩人相談甚歡，酒足飯飽後，建華騎著機車送怡秀回家，

機車高速的行駛著，怡秀挺害怕的，只好用力的抱著建華。一上了陸橋，前面的所有機車速度漸漸慢了下來，喔！原來是警察臨檢測酒駕的，還好今天沒喝酒，你有喝酒嗎？警察問著建華，沒有，只喝可樂。

我家在巷子口，怡秀告訴建華，放我在這就好，謝謝，再見，回去騎車慢一點，注意安全，怡秀再見，你可以走了，我看妳進去我再走，好，拜拜，建華騎著機車開心的想，快追到了，這個女的，我要追……。

隔天一早，建華去爸爸開的花店挑選花。老爸，怎麼有空來，兒子來看老爸，順便買花捧場花店，要送花給誰？交女朋友了，對的，最近交了一個主持人，哪一

台的，是購物頻道的購物專家，長得怎麼樣，下次有空帶來給老爸看。快追到了，到手了就帶來給老爸瞧瞧，指導指導你一下。老爸我訂一〇一朵玫瑰花，錢給你，不用了，兒子追求女生，當老爸的當然要支持，在一旁包花的花藝師笑著猛點頭，只要是追求女生的用花，本花店一律支持贊助趙少爺。老爸我問了女生，晚上七點會來我上班的健身房健身，七點半花送到店裡就可以，好，七點半到，兒子祝你早日追到手，老爸，我去上班了。我兒子真不錯交到一位女主持人，花藝師，花包大一點，一〇一朵花包大一點，我兒子才有面子，比較能夠容易追到手，是的，老闆⋯⋯。

到了晚上，怡秀來到健身房，建華已準時在門口等著，怡秀，我帶妳先去換服裝，這裡是女生專用，男生不能進入，換好衣服後，我在跑步機區等，OK。

　　怡秀，記得在跑步機區要小心，速度不要調太快，腳步跟不上很容易發生危險，調節呼吸節奏，一吸一吐，以慢跑為主。

　　可以先跑個二十分鐘，累了流汗就下來休息，好，開始，跑，建華在旁看著怡秀跑步，一方面看著手錶……。快接近七點半花快到了，這時手機響了，花到了，好，我來門口拿花，拿到了花先偷偷放在教練室。怡秀，跑得如何？妳滿身汗，排毒才會身體好，這台機器是訓練腿部的，妳是主持人錄影都要常常站著，提腿、放下，

重覆這個動作，腿酸就休息一下再反覆做……。結束後，帶妳去夜市吃好的，好咂！說到吃的，我力氣都來了，四神湯、蚵仔煎、烤玉米，流口水了……我都要吃。

怡秀妳全身流汗，先去沖洗一下，我在樓下一樓門口等妳，好，建華拿著一〇一朵花在門口等。

路上行人看著一〇一朵大花束，無不探頭觀望。

怡秀一下樓，看著手拿一〇一朵紅色玫塊花的建華，這一〇一朵花送妳，花好漂亮，從來沒有人送過我一〇一朵花，走，去夜市吃東西。到了夜市，怡秀說，這樣好了，我們買喜歡吃的，去我家，去妳家？好，去妳家（建華開心想著機會總算來了）。

到了，十二樓，妳一個人住喔，對，我一個人，怡秀進房換了休閒服。建華你可以打開電影台看電影，開始吃了，不用等我，建華你要喝啤酒嗎？有酒可以喝，喝啤酒配炸雞才夠味，兩人喝著酒，吃著炸雞，看著已經播了一百多次的周星馳電影《唐伯虎點秋香》，酒肉穿腸肚，酒能亂性。

　　一點不假，喝著喝著，兩人脫光上了床，怡秀覺得這麼嫩的小鮮肉當然是必須拿下，就這樣持續了好幾天，天天來十二樓看風景做運動。這一天怡秀告訴建華，被公司罵業績不夠，叫建華可不可以幫忙衝業績，買二十萬元的化粧品，用員工價把貨賣出去，建華經不住怡秀的一再拜託，認為是自己的女友，有困難當然要支持。

那建華你明天早上來我公司刷卡，OK，怡秀。謝謝建華，你真好，怡秀一把抱住建華，妳又要來，再來一次，考驗你健身美男子的名號是否名不虛傳，我身體體力OK的，做信用的，女人用過的都說好。

隔日一早十點，建華來購物台刷了二十萬元買貨。謝謝建華，貨過幾天會送去你家，你先走，我在公司要開會我先忙，晚上見，好，妳忙，晚上見。

不錯喔，怡秀又一筆二十萬業績，是的，高經理，好好幹，我再給妳加獎金，謝謝經理。

怡秀下了班，剛要去健身房找建華，這時電話響了。

喂，王董好，怡秀，妳等一下過來老地方，我已經派司機去接妳了，十分鐘左右到。

為了錢，為了公司業績，隨傳隨到，怡秀也算是樂此不疲，與王董的合作各取所需，怡秀覺得眼一閉，牙一咬，二、三分鐘的事，就當是被鬼壓好了。

喂！建華，我今天公司還有事情，不能去找你，明天再去。

好的，妳先忙，怡秀注意身體，怡秀一身低胸洋裝走下樓，上了豪車直奔私人別墅。

建華啊，你交的女友是在什麼電視台，我看一下，手拿遙控器的建華開始找著購物台怡秀主持的頻道。老

爸，就是她，正在介紹茶葉的怡秀，我女友，不錯，很漂亮。記住了怡秀臉蛋的趙父，隔日假裝花店員工送花，親自到怡秀公司送過去給她本人。花店送花給韓怡秀小姐，我就是，請簽收，花誰送的，這有卡片，客人趙建華先生送的，公司女同事看著花大家羨慕著。怡秀的桌子上擺滿了各式花束，包括王董送的，怡秀接了趙父送來的花，隨手就丟到了垃圾筒，這個男的我只想玩一玩，當場趙父氣得又不能發作，為了怕兒子被騙，只好暗中調查怡秀。

怡秀這晚來到健身房找建華，看到了怡秀特別高興。建華下班後，過來我家，我先回家等你，你記得去

夜市買雞排、烤玉米回來，我想吃，OK，我去買。買回來夜市小吃的建華說著，親愛的，門才一關上，就被怡秀拉進房間，三十歲如狼的年紀，碰上年輕如綿羊的帥哥小鮮肉，豈能辜負大好時光，原來這一堆食物，是事後補充體力用的……。

建華，我業績又不夠了，明天你來我公司刷卡十五萬，就缺這十五萬業績了，親愛的你要幫我，撒嬌的躺在建華懷裡，用美人計耍心機藉此騙錢，當然要幫，必須幫，因為妳是我的好姊姊、好女友。

被愛情沖昏頭的建華，怎能拚得過心機的情場老手小妖女怡秀。謝謝啦，建華你最疼我了，再來一次，不是要先吃東西，謝謝你幫我，小女子無以為報，只好以

身相許，還好，我是健身教練，身體好，妳《延禧攻略》
看太多了……哈哈哈……。

　　害怕兒子被騙的趙父，當起私家偵探，拿起專業用
遠距照相機，對準怡秀公司門口，等待她的行蹤，果然
在今晚發現她上了一台豪華黑色賓利車，咔喳咔喳，拍
了各角度與男人擁抱、親吻的親密動作。

　　趙父火速騎上機車一路尾隨。車子開進了一家高檔汽
車旅館，殊不知兒子建華早上刷了十五萬元給怡秀充業
績，晚上又與大客戶王董交際應酬，這個交際花真是交友
廣闊，到了隔天晚上一樣時間，一樣的汽車旅館，兩人做
著一樣的事，怡秀以為神不知鬼不覺，趙父連續拍了二

天，手上握有證據，隔日早上就打電話叫建華來花店。

　　老爸，你找我？對的。建華，你現在工作得如何？不錯，會員越來越多，你與主持人女友的感情怎麼樣？她對我很好，這女生對我很專情，真的是這樣？你們雙方有借錢行為嗎？老爸怎麼了，怎麼如此嚴肅的問話，到底發生了什麼事？你看看，趙父拿出所有拍的相片，兒子，好好張大眼睛，看這個女生到底是什麼樣的人，爸爸怕你被騙，自己親自送花去公司，當場聽到她說，她只想玩一玩。兒子你要冷靜，靜下心，不要生氣，事情發生了，就要面對它、解決它、處理它、放下它。

　　我想她明天下班，應該還會與這個相片中的老頭去

汽車旅館，不然你明天晚上與我一起在門口拍照，看會不會出現，現場來個抓現行犯。

建華只好一五一十的告訴爸爸，為了她已刷了三十五萬元信用卡，趙父沒有責罵建華笨，反而告訴兒子，這次算是教訓學經驗，越漂亮的女人越會騙人，看你媽就知道，不然怎麼會生下你⋯⋯。

喔，不錯喔，老爸真幽默，我要告訴媽媽，原來老爸是被騙來的。你先回去，明晚在電視台門口對面角落集合，我先保養一下攝影配備，明天拍出精彩高畫質作品出來，老爸，你可以去專門抓猴的徵信公司上班了，夠專業。

這一晚父子倆聯手準備抓姦行動。趙父手握相機，不漏掉任何鏡頭，遠處開來了一輛黑頭賓利車，王董親自開的車，兒啊，就是這一台。爸，確定？沒錯，我昨天拍的就是這一台。建華氣得站了起來，想過去打人，建華快蹲下去，我不是叫你要沈住氣，更不能想打人，先收集證據，別急。

　　果然，按照爸爸說的，你看下來了，沒錯吧！你女朋友上車了，他們親嘴了，建華上車，他們又要去汽車旅館了，機車一路尾隨，眼看著賓利車開進了旅館，兩人在門口處等待了二個小時，看著許多出雙入對，面帶快樂笑容，來尋歡作樂的男女進出旅館。

　　車要出來了，兒子，趙父話才一說完，建華已跑過

去，用身體擋住車子的去處，妳給我下來，韓怡秀，下來。

這是怎麼一回事，真是他X的，出來解釋清楚。

在車內的王董還好緊急剎車，不然真撞上了。怡秀，這個人是誰？到底是怎麼回事，怡秀支支吾吾的，話都說不清楚。

（天空下起雨來）……建華大叫著，為了妳我刷了三十五萬元給妳衝業績，我一個月當教練薪水才三萬元，為了愛背了卡債，妳出來面對。在車內的王董聽明白了建華說的，怡秀，原來妳為了業績騙了這個年輕小伙子，現在看來，我與這小伙子都是一樣的，被妳一直玩弄著。王董怒氣沖天，指著怡秀，妳下車去面對，下

車……

王董怒斥著怡秀……

怡秀被王董趕下車。

怡秀下了車，關上車門，王董開車揚長而去……妳說清楚，他是誰？建華問著。

妳已與這位大叔來旅館三次了，我爸都已拍到相片，要不是我爸告訴我，我還不相信，現在我眼見為憑。怡秀還是不說話，只拿起了電話撥了一通不知打給誰的電話，……妳說啊，為了妳我背債刷了三十五萬的信用卡……我有逼你嗎，這個錢是不是你情我願，你甘願付的？怡秀回嘴，這是我的交友自由，我又還沒結婚，我

愛跟誰上床，那是我的事，你管不著，不要說我騙你，感情事情沒有所謂的騙不騙，只有心甘情願……哼，你與我在一起，不是與那位老頭一樣只是想與我上床，而我要的是金錢，彼此各取所需而已，你也不例外，一說完，上了一台白色寶馬車離去，頭也不回，只留下被雨淋濕全身的建華。

　　兒子，這個女的說得對，你碰到情場老手了。你爸我年輕時，自稱情場高手，可能我都不是她的對手，就當是付學費學經驗，別傷心，別難過，下一個女人會更好。爸，我只是在想我欠了卡債三十五萬，要在健身房上班多久才能賺到這些錢，我打算再去超商上大夜班的

工作好了，你不要命了，不用睡覺喔……這筆錢，老爸幫你付，以後記得下次交女友眼睛睜大一點。老爸對我真好，誰叫你是我趙員外的獨生子，追女人我年輕時很厲害的……走，帶你去 pub 喝酒，慶祝兒子重生，帶你去一間都是漂亮女生的店，見識見識，老爸給你現場上課，課程是：如何追求女生比較容易成功。

太好了，趙教授，我們快去吧！對對對要快，太晚去就沒位子了。

謝謝你，老爸。千萬千萬不要告訴你媽，我帶你去喝酒，老爸最怕的人，就是你媽……

（建華含著淚，感謝老爸的支持與教導）

〈三號女友〉

雙魚女 VS. 獅子男

三號女友

姓名：林琳達

雙魚座　2/19～3/20

年齡：二十三歲

個性：浪漫、愛玩、外向、抽菸、喝酒、打麻將

身高 170cm

體重 55kg

三圍 34D、30、36

工作：婚紗店店員

趙建華

二十三歲　健身教練、花店店員

男一　正直誠信

趙國雄（建華父親）

花店老闆

周露西

女　婚紗店員工、攝影師
前衛、全身刺青、愛吃美食、光頭、酗酒

鄭老闆

幸福婚紗店老闆
唯利是圖的生意人

建華在幹什麼？是老爸喔，我在健身房上班，下班後來花店找我，我有事情要找你，好的老爸，下班後去找你。老爸該不會要給我三十五萬元付卡債吧？不是說不用了，我自己打工還就好，不過如果老爸堅持要給我這三十五萬，當兒子的我理應不要辜負父親的一片心意，不行，我要靠自己還清債務，打工還錢，拒做靠爸族；靠爸族有什麼不好，有人想靠還沒得靠，硬要給錢還是收下好了，不行，收下好了。

　　建華真是內心煎熬，反覆思考，騎著機車來到花店，還注意力不集中，胡思亂想闖了一個紅燈。老爸找我？對！建華等待著，趙父包著花，周日早上有沒有事，沒事啊！健身房我公休，很好，來店裡，我接了一個大單

子，婚紗公司的，一早要去結婚現場佈置花，公司員工都要去，你也去學習一下如何佈置花，以後你沒事就來店裡打工，時薪給你一百五十元，不錯，好，我過來打工，建華心想原來是這件事情，清楚就好我就不用想太多，卡債的錢自己慢慢還。

兒子你在想什麼？沒有啊！老爸喝咖啡提神，你一臉有心事的樣子。

現在有對象嗎？沒有，現在聽從老爸的建議，交女友要眼睛張大的挑，我已經張得比水牛的眼睛還大了，還沒有看到中意的。雖然在健身房有很多體重超過七十公斤以上的女生對我有意思，故意加入會員想要接近

我，偷看我強壯的身體，但是我穩如泰山、不為所動。

我快要全面吃素了，不近女色。這樣很好，寧缺勿爛，挑合適的比較重要，趙父交待著。

你先回去，周日一早七點記得準時到花店，我會印名片給你，不可以遲到，遲到一分鐘扣一百元，我知道了，老爸，我不會遲到的。

到了周日，趙父一早與全體員工早就已準備了所有花及器材，只等七點鐘來到店的建華。到了七點，來到店裡的建華停好機車，爸，我來了，全體員工注意，趙父拿著大聲公說著。今天的場子很重要，一定要把花佈置好，花店業績就會好，晉級加薪不會少，出發，建華

你坐我車。把花搬上車，大家直接在會場集合，建華名片給你，印好了。

婚禮現場在五星級飯店舉行，現場有六十桌。哇，好盛大的結婚現場，舞台上已有工作人員在忙，六十桌的桌子已擺設好餐具。建華，把花搬來這中間，員工陸續到達，花藝師們把花都集中在這裡，二人一組，共十人五組，趙父分配著每組負責的區域，你負責門口入口處，你負責舞台，你們二組負責六十桌每桌的盆花……。

趙老闆你們來佈置了，妳好，琳達……這是我兒子建華，琳達小姐好。趙老闆，今天的新人是我們公司的大客戶，一定要佈置得漂亮一點，順利的話，以後我們婚紗公司的花藝場子都你們公司包了，真是感謝妳照顧

花店生意。

　　建華你的名片給琳達，你們年輕人互相留名片，建華負責花店的業務。建華拿出自己的名片看了一下，印上了經理，琳達妳好，謝謝照顧花店生意，琳達看著帥氣的建華收下了名片，附上自己的名片，大家合作愉快，趕快佈置吧！是的，開始佈置。

　　建華你協助各組把花佈置好，不懂的問花藝師，好的，趙父緊盯著各區域的花佈置，婚紗公司也忙著處理準備婚禮現場。琳達在舞台上與婚禮主持人對詞及溝通飯店準備的十二道菜務必新鮮美味，花店全體員工不休息的持續佈置著，趙父看著每一個區的佈置成果，用手機拍下每一個區域。全體集合，每一組報告現狀，有沒

有問題，報告老闆，已全部佈置完畢，很好，建華，你去請婚紗店琳達來驗收，是老爸，我去叫，不要用叫的字眼，要用請字，婚紗店是花店的衣食父母，不能得罪，要有禮貌，我明白了，老爸……。

琳達，我們花店已全部佈置完畢，請驗收成果，趙老闆呢？在前面，請他過來，一起驗收……。

趙父、琳達一同驗收著成果，建華跟在後面，像個跟屁蟲。

每一個區域，琳達都仔細看著，並用手機拍下。拿著花店估價單，仔細地看著每一個區域打量著，是否有偷工減花量的事情發生，巡了全場後……。

趙老闆你們這家花店不錯，花漂亮鮮艷，整體花藝設計有時尚感，新人一定很喜歡，又不會偷工減料，可以過關了，上次的花店就是因為弄不好，又減花量，以為我們店不懂，一驗收就有問題，拒絕往來從此不合作，沒有良心的花店，你們的花店就做得很好。琳達伸出了手，建華以為是要與她握，也伸出了手，結果是與趙父握手，趙老闆合作愉快……明天可以來婚紗店請款，找我就可以了，謝謝琳達，建華明天去找琳達請款，建華明天可以來找我拿錢。

趙父帶著全體員工回到店裡。

辛苦了，各位同事準備一下，我帶大家去吃烤肉大餐，哇！太好了，老闆請客，花店旁邊不是有一家新開

幕的燒烤店，去捧場一下好了，走過去就好，走吧大家。

今天好好喝一杯，大家要吃飽，明天好幹活⋯⋯。

隔日下午健身房沒班的建華來到花店。老爸，今天不是要去婚紗店請款，對，你還真主動，不錯，執行力很好，老闆最喜歡主動又有執行力的員工，去找會計，拿發票去請款，錢姐，發票好了嗎？

我正在開，等我一下⋯⋯。

開好了，建華，發票請款，總共是三十五萬元，建華看著三十五萬面額的發票，聯想到自己還負債三十五萬，心中滿是心酸，拿著發票面帶笑容，出發去婚紗店，要債去，不是，請款去⋯⋯。

騎著機車吹著口哨，到了婚紗店，停好車，看見店門口有一位光頭男，先生，請問琳達在嗎？我找她。露西叼著菸，上下打量著建華。

　　你哪一隻眼睛看得出來我是先生？建華看著光頭的露西，用手指著光頭，誰規定女生不能理光頭，一臉不屑的露西抽著菸指向裡面，謝謝光頭小姐，露西瞪了建華一眼，真恐佈的光頭女。歡迎光臨，先生你好，請問找誰，我找琳達。

　　找我們經理，請坐，稍等，先喝杯水，馬上來……。櫃台小姐通報著琳達有客戶外找。

　　琳達一身套裝裝扮前來，看著Ｔ恤牛仔褲的建華，

你找我，是的，我來請款，我是花店，跟我一樣好像被欠很多錢的嘴臉，建華想著。到了琳達辦公室，花店發票給我，我看一下，好的，含稅三十五萬元，昨天的場子弄得很好，新人很滿意，我們公司也很滿意，我報告了董事長，建議與你們花店長期合作，公司已簽呈下來同意了，這是合約書，你帶回去給你們老闆，下週一下午二點來我們公司與董事長簽約，真是太好了，感謝琳達。

幫助花店，給我們訂單，又幫我們爭取了長期合作書，真是謝謝，建華從口袋裡拿出了健身房貴賓卡，可以免費使用七天。

琳達一聽是健身房，最近一直想要減肥，眼睛就亮

了，你怎麼有這個健身卡？我是健身教練，你是健身教練？你不是趙老闆店裡的花店小弟？我偶爾去老爸花店幫忙，其實我真實的身份是……建華迅速脫下外套露出背心，其實我是：金牌健身教練第一人，趙建華（建華比出各種健美先生比賽才會出現的各種姿勢……）。

太好了，哇，身材真是棒，看得我都流口水了，琳達興奮的說著……。真是羨慕，怎麼練的，持久訓練就可以，減肥也可以嗎？可以，我明天去健身房找你，你教我，OK，我等妳。琳達。

建華，走，我帶你去會計部請款，王主任，花店請款。

現在開一個月票期支票給花店，琳達交待會計，通

常不是開三個月給廠商嗎？

　　這家花店與公司是長期合作關係，開一個月就好，我明白了。

　　琳達經理，支票好了，琳達拿著支票給了建華，微笑著輕聲細語的對著建華耳朵說：明天健身房見。

　　太棒了，拿到支票又拿了合約書回到花店。老爸，店裡要發了，支票給你，趙父看著票期只有一個月，每次店裡的票期都是三個月以上的，這個琳達小姐很夠意思，很幫花店，喔！對了，他們公司要與我們長期合作，下周一你要去與對方公司董事長簽約，太棒了，兒子，你是福星，一來打工花店就順利開始賺錢了。

到了周一，趙父與建華來到婚紗店。進了會議室，琳達介紹了老闆，這是老闆鄭董，趙父主動去握了手。謝謝支持花店，趙老闆，聽琳達說你們花店弄得很好，客戶很滿意，所以雙方公司合作，接下來就看你們的表現了，你懂我意思嗎？

　　趙父馬上脫口而出，晚上我請鄭董喝一杯，慶祝兩家公司合作愉快。

　　一聽到要喝酒，鄭董眉開眼笑的，說著一定合作愉快順利。

　　趙父安排了 KTV 喝酒唱歌，鄭董與琳達依約來到了現場，趙父與鄭董坐下來喝酒談事，而建華與琳達忙著唱歌聊天……。

趙老闆，我公司以後介紹來花店的生意，我要私下抽二十％，我們生意人有話直說，你公司可以嗎？趙父心想著，花店利潤維持在三十～四十％之間，一抽就一半了，不給又不行，不給可能就不能合作了，行，鄭老闆我們合作快樂，一旁的琳達、建華兩人喝著啤酒唱歌，嗨翻了……。

　　明天過去找你健身，建華，好，過來我教妳，明天過來，乾杯……。

　　一整晚，雙方公司各取所需，完成了交易……。

　　琳達依約晚上來到了健身房。小姐是來報名的嗎？

　　我找建華，請稍等。琳達妳來了，貴賓卡給我，這

是七天貴賓卡，刷一下就可以進來了，我知道怎麼用了，這是女更衣室，妳先去換衣服，OK，琳達換了一身輕裝。這是飛輪，妳在這先騎，要騎到流汗才有效果，來上車。流出一身汗的琳達，好舒服，真是暢快無比，頓時琳達燃起心中愛意，年輕人的愛情火苗真是來得快，去得也快……。

就這樣隔天開始琳達每天送吃的，天天來報到找建華。健身房男同事恭禧建華豔福不淺，到了這一天晚上……。

建華接到電話，琳達來電說今天不過去了，建華心中輕鬆了一下，但是我今天會在門口等你下班，有事找你，建華以為是要談公事，好，門口見……。

開著寶馬的琳達在門口等著建華，建華一出門口沒有看見琳達就打手機過去，沒有看見妳，有看見白色寶馬車嗎？建華看見了，上車⋯⋯。

　　建華心想，這年頭怎麼女生都很有錢？不是開賓士寶馬，就是保時捷，而我還在騎機車，她們這些女生到底是怎麼賺錢的。

　　上車，要綁安全帶，車子一直往郊區開，建華，我有事告訴你，什麼事？琳達，我有話直說了，抽著菸的琳達，我⋯⋯。

　　我喜歡你，建華，我覺得你不錯，你們家的花店最近生意不錯都是我安排的，到現在差不多也安排了十場

婚禮花佈置了。

你們花店大約進帳了四百萬左右，車子停在一家汽車旅館門口。

建華心想該不會她想要潛規則我吧！一般不是都是女生被潛？沒想到我建華也有這一天，是嗎？還是我想太多了……。

我已經付了十萬健身費，指定你當私人教練，是喔，交了會費，建華心想，付了十萬，真是有錢的女人。今晚陪我，琳達說著，建華還正在想著到底她要幹什麼，沒有仔細聽清楚，如果今天你不陪我，以後我不會再介紹生意給你們花店，賓果，真是要來這一套，不甘願被潛的建華靈機一動，公司不能沒有這個大客戶，我想只

有我犧牲了，花店才能賺到錢，現在的女生真是主動大方，只好對琳達說，自從我第一次看見妳，我就喜歡妳，我們正式交往吧？

真的嗎？太好了，原來你也喜歡我，我們算是兩情相悅，喜歡我早一點說嘛，我想我會答應的。

建華看著三十五房號，含著淚笑著，這一切都是註定的，又是三十五，我恨三十五，於是，兩人玩了一整個晚上……。

就這樣，他們成為了男女朋友。

而這家郊區的汽車旅館成為了兩人的秘密花園。

最近的琳達身材變好又變瘦，整個面貌越來越漂

亮，連頭髮都烏黑亮麗。

而建華根據健身房同事的描述，怎麼感覺越來越瘦，沒有精神，男同事們個個心照不宣……。

送雞湯的，送營養補品的，加油打氣的人很多……。

建華你為公司付出的努力，值得全公司男同事學習其犧牲奉獻的精神，店長影射著，全體員工鼓掌為親愛的同事建華加油打氣，保重身體。建華含淚、揮手笑著，謝謝大家支持，我一定會更加努力為公司增加業績。

建華來到花店，老爸，最近生意好吧？自從與琳達合作後，公司生意比以前成長了四倍，可見以前生意有多差，這獎金給你，你要多去找琳達，要謝謝她，她很

幫公司，我看這個女生當你女朋友也不錯，建華看著老爸不說一語，心中想著，老爸，其實，我與琳達已經……。

去，去找琳達看電影、吃飯，培養感情，你與她外出玩的一切開銷由公司負責，建華怎麼感覺老爸要把他推入火坑一樣。

為了花店生意，建華看著老爸笑得這麼開心燦爛，由此可見，老爸肯定賺了不少錢。

老爸，聽你的，我去追她，加油！兒子，看好你……。

就這樣，兩人過著天天晚上去郊區汽車旅館報到的日子，而建華的桌上已擺滿了各廠牌的同事們送的愛心

雞精。

　　兩人過著一段開心快樂的日子。

　　直到這一天，琳達參加了保時捷車友俱樂部聚會（琳達來到露西家）……。琳達妳一直說建華身體好又帥，帶來給我看，露西說著……。

　　這樣好了，周六我們保時捷車友俱樂部有舉行聚會，可以帶友人出席，妳與建華上我保時捷的車，我帶你們去參加，現場有著名歌手唱歌，又有美食美酒，現場有很多單身的多金公子，都是開保時捷的黃金富少喔！琳達，有沒有心動。

　　妳雖然有男友，又還沒結婚，朋友可以多認識，更

何況是有錢公子哥，兩人抽著菸、喝著酒……，對，說得好敬帥哥，要有錢的……兩人說著。

　　建華帶著琳達去看電影、逛街，看了一場電影叫做《分手總是在情人節》，一部美國片子，看完後，兩人肚子餓，建華提議去吃牛排，想帶琳達去夜市吃牛排，琳達一聽吃牛排要在夜市吃，什麼牛排啊！

　　要吃牛排當然要去王品吃，兩人各有喜好，女士優先，就去王品。

　　上了車的建華知道這一去大概一萬多跑不掉了。

　　還好，可以報帳，但是也要幫老爸省點公關費。

　　建華貼心的切著牛排給琳達吃，三分熟的最好吃。

建華周六跟我去參加保時捷車友俱樂部聚會，妳的車不是寶馬嗎？也可以去參加喔，不是保時捷車主才行嗎？

　　我的同事露西有一台四門的保時捷，是她要帶我們去玩，你要去嗎？妳覺得我應該去嗎？

　　建華心中想著車友們一定是比車比錢比女友的，在現場，而我沒錢有機車有女友，其實最不喜歡去這種場合，建華週六我過去花店接你，穿帥一點，好，兩位甜點需要什麼？服務生點著餐。

　　一個布丁，一個提拉米蘇，兩杯咖啡，一次全來。

　　好的，馬上來，在這種地方就是享受，請問夜市的牛排有提拉米蘇嗎？沒有，吃飯就是享受，就是要來這

種地方，快吃吧！

甜點我的，咖啡你的，建華喝著咖啡想著一杯就好幹嘛要我喝二杯，需要如此提神嗎？一次喝二杯……。

服務員買單，琳達示意著，服務員拿來了帳單，建華拿出了卡給服務生，不用了，我來付就好，琳達拿出了卡交給服務員，建華把卡放回皮夾裡，心中想著老爸你省了一萬二千八百八十八元。走吧！好。

在車上琳達一路往郊區汽車旅館開，琳達妳走錯路了，後面那一條才是回家的路，我又沒有說要回家，右手握住了建華的左手。

看著前方急駛的道路，這一條不是要去秘密基地嗎？

我懂了，難怪要喝二杯咖啡，早知道一定要去，我就應該要喝三杯咖啡……再多吃一客牛排。

　　明天開始一天要照三餐飯後一瓶雞精，睡前也要一瓶補體力，這一整晚，又是考驗體力的浪漫時刻……。

　　到了周六這一天，露西與琳達開著保時捷來到花店接建華，琳達下了車來到花店，趙父正在包花。伯父，建華在嗎？他在廁所，妳們不是要去玩，對，在等他，謝謝琳達，都是妳的幫忙，花店生意特別好。琳達，妳到了，老爸我與琳達出去玩了，你們年輕人好好的玩，老爸告訴建華，好女孩好好把握，有幫夫運，並拉建華去一旁，給了他三個保險套，帶著比較保險，建華笑

而不語，放入口袋，心想，老爸，其實我們已經……，
去玩，走吧！再見……**轟轟轟**，保時捷飛快的行駛著
……。

　　到了郊區別墅，停滿了各年份的保時捷。露西停
好了車，拿出邀請卡進了別墅內，嗨！露西，露西，好
久不見……，吼，怎麼每一個人都認識妳，當然，誰
不認識我光頭露西。餓壞了的建華，到吧台拿著食物吃
了起來，露西忙著介紹有錢公子哥給琳達認識，大家抽
著雪茄聊賺錢話題，其中有位公子哥問起琳達有沒有男
友，直接表白對她有興趣，琳達看著這位富家子長的真
是帥，戴勞力士金錶，這支錶少說也要六百萬，露西告

訴琳達，這位是龍公子，家裡是做房地產的，這棟別墅就是他的，同時也是我們的會長，最重要的是目前單身沒女友，琳達一聽，心花怒放，簡直是超級天菜，走過、路過，千萬不能錯過有錢男人。

我目前有男友，但是感情不太好，最近會分手。

龍公子說著，只要妳與男友分手，我立刻與妳交往……。

我有一個習慣，當我女朋友的，我都會送她一輛保時捷，露西說，她男友就是前面在吃東西的男的，可以叫他過來聊聊，琳達揮手叫建華過來，這位是龍少爺，你叫建華，對的，是琳達男友，是……喝著香檳的琳達與露西看著，龍少爺問建華，你平常開什麼車，有時是

機車，有時是花車，送花的車⋯⋯

　　龍少爺拉著另外二位富家子打賭，我可以現場叫琳達當場當我的女友，如果我贏了，你們一人給我一百萬，如果我輸了，我給你們一人二百萬。

　　賭了，三人坐下沙發上繼續聊著，你做什麼工作，健身房教練，眾人笑了，能賺什麼錢啊！琳達這麼漂亮的女生妳養得起嗎？騎著機車日曬雨淋的帶著美麗的琳達出去玩嗎？夜市吃路邊攤嗎？琳達聽到這句話，彷彿當頭棒喝，琳達我現在問妳，我龍少爺喜歡妳，我現在問妳，要不要當我女朋友，我喜歡爽快的女生，我給妳三十秒決定⋯⋯。

　　建華看著琳達不發一語，當場被污辱成這樣，忍了

下來。

　　琳達此刻想著，保時捷，當女友就有一台保時捷，又可以當這棟別墅的女主人（眾人現場倒數十秒），建華看著琳達，而琳達視線一直沒有離開過龍少爺。

　　十、九、八、七、六、五、四、三、……。

　　我願意當龍少爺的女人，撲倒在龍少爺的胸前並親吻了起來，而建華看了這一幕，握起了拳頭，告訴自己沒關係，今天發生的一切我記著，頭也不回的走出去別墅……。

　　龍少爺像是一頭勝利的公獅子，來，大家喝酒……抱住龍少的琳達也舉起酒杯喝著，你們二個欠我一人一百萬，來吧給錢，兩人當場拿出支票本各簽了一百萬元

支票給龍少，今晚賺了二百萬，龍少笑著看著支票。

這位小姐，妳可以起來了，不用抱我這麼緊⋯⋯冷淡的對著琳達。龍少，我已經答應你當你的女友，什麼時候要送我一台保時捷，我明天有空，白色的我比較喜歡，現場公子哥笑著，露西也在旁笑著看著琳達。

這只是一場賭注遊戲好嗎？我龍少會看上妳這種三流的貨色嗎？笑死人了，哈哈哈⋯⋯也不去照鏡子，⋯⋯原來你騙我，露西妳也騙我⋯⋯。

龍少當場給了露西其中一張一百萬元支票，在社會上討生活，不就是一場遊戲一場夢嗎？

奪門而出的琳達，哭喊著找建華⋯⋯走在郊區路

上，好不容易叫到出租車，直奔建華的花店。回到花店的建華，對著老爸說：

老爸，這三個還你，用不著……。

沒追到喔！建華苦笑著……。

老爸，過幾天我開始來店裡跑業務……。

老爸，教我包九十九朵玫瑰花，怎麼包才好看……。

要送琳達喔？不……送給下一個……。

〈四號女友〉

處女女 VS. 獅子男

四號女友

姓名：張天愛

處女座　8/23 ～ 9/22

年齡：二十歲

個性：愛玩、大方、拜金女、主動追求自身利益

身高 168cm

體重 48kg

三圍 34D、25、35

工作：大學生

趙建華

二十四歲　健身教練、花店店員

男一　正直誠信

林春宏

天愛同學

富家子、愛玩、大學生

先生、先生，可以幫我買一支愛心筆嗎？不用、不用。天愛在地鐵站賣筆，從早上到中午一支也沒有賣出去。建華機車壞掉了進廠維修，來到地鐵站坐車。天愛告訴其他同學，我就不相信我今天賣不出一支筆，等一下哪個男的向我買筆，我就當他女朋友，同學們鼓掌叫好，真瘋狂。建華走了過來，先生幫我買筆，不用了，我有了，買一下嘛，做做愛心。不然你幫我買，我給你我手機號碼，我叫天愛，天真又可愛，我們可以當朋友。

看妳一直叫我買，可見妳應該賣得不好，一支多少？二百五十元，我買二支好了，給妳錢，這一支送給妳祝妳今天一切順利，轉身就走。天愛跑了過去，謝謝你，先生，拿起了建華手機撥了自己的電話號碼，這是

我電話，我叫天愛，找時間我們出來玩，OK，我記下了，我叫建華，我的也給妳，我們再聯絡，拜拜……。

天愛看著建華背影，這男的不錯，有愛心……，這時電話響了，才剛認識這男的，這麼快就打來了，天愛，我是春宏，我錯了行不行，妳要怎麼處罰我都行，這位先生，你已經是我的前男友了，請不要再打電話過來，再見，不，永遠不見……。

三天後，晚上九點，在 KTV 唱歌的天愛與其他同學們，天愛妳前幾天不是說向妳買筆就可以當妳男友，那個人呢？對喔，我都快忘了，應該找一下他。

天愛撥了電話過去，……嘟嘟……喂……建華嗎？

我是……

妳那位？我是愛心小魔女天愛，賣筆那個……喔……是妳……

你現在過來錢櫃 KTV 八〇八房，我找你唱歌，謝謝你向我買筆。

沒關係，舉手之勞，KTV 我就不去，不行，你要來，我要當面謝謝你。

好，我過來，八〇八對吧？

八〇八就一間房，建華一推入門，哇，好多人……天愛一把抱住了建華，就是他，向我買愛心筆的，喝了一點酒的天愛，此時看著建華就是一個大帥哥，來陪我喝酒，不行，我騎車來的，喝了酒等一下被臨檢酒駕就

完了，我用茶代替酒好了。來，乾杯，建華與一堆年輕人一起，自己也年輕了起來，我們來唱一首葉蒨文與林子祥合唱的〈選擇〉，天愛點的歌，合唱的情歌，我選擇了你，你選擇了我，這是我們的選擇……你是我選擇的，我要當你的女朋友，在場的同學們同聲喊在一起、在一起。建華心想買個筆，交個女朋友也不錯，其中一位男同學大力打了電話給春宏，告訴他現場的狀況，春宏交待大力，等一下去把 KTV 的錢付了，這一場是天愛安排的對吧，對的大哥，春宏暗中安排把 KTV 帳結了。

　　天愛叫了服務生進來，卡給你付帳買單，已經付過了小姐，付過了？

八〇八房有人付過了，該不會是愛心人士建華哥偷偷付的吧？

建華笑而不語，拿著西瓜正吃著……散了散了，同學們下回再聚。

走，建華，天愛拉著建華的手，我們現在去淡水看夜景，就這樣天愛上了建華的機車去了淡水漁人碼頭，吹海風看夜景……別冷到，建華脫下外套蓋在天愛身上……天愛依偎在建華身上。……好冷喔……找地方休息，天愛拉著建華去了附近的旅館開了房……直到隔日太陽升起。陽光照在兩人抱在一起睡覺的床上。……建華看著手錶，哇，九點了，我還要去花店送花，我先走

了，妳再睡一下。

　　這一千元給妳，等一下自己坐車回市區……。

　　建華下班剛回到家，手機響，喂，是天愛打來的，建華哥，你在哪？我在家，我要過來找你，明天是我生日，你要陪我過生日，不是明天嗎，今天過了十二點〇一分就是生日了，好過來，我給你地址，建華馬上去買了85℃蛋糕回家放入冰箱等天愛來。

　　天愛走到了建華家門口，殊不知大力在後面跟蹤，並告訴了大哥春宏……。

　　建華開了門，天愛一進門一把抱住了建華，真想你……先坐下來休息。

這你家喔，對，我租的，那以後我要來這與你一起住，同居在一起，照顧你，應該是我照顧妳吧，都一樣……看電視，有電影台……。

天愛躺在建華身上看著喜劇片，建華看著手上的錶，十一點五十九分，我去上一下廁所，快回來，建華打開冰箱拿出了蛋糕，點了火，看著錶等著十二點○一分，祝天愛二十歲生日快樂，哇！好高興，還買蛋糕，許願、許願……

吃蛋糕，謝謝建華哥，幫我過生日，太開心了……

這一夜，天愛沒回家……

隔日一早躺在床上睡覺的二人被門外的聲音吵醒，五音不全的春宏唱著鄧麗君的〈我只在乎你〉，背後找

來了音樂系同學演奏，手裡拿著一〇一朵玫瑰花，身後還有一台用布蓋著的不知什麼牌的汽車，建華與天愛走出了家門口……

天愛看著春宏，你這是在幹什麼？妳快回來吧？天愛。

今天是妳生日，這花送妳，我知道錯了，妳回來我身邊吧，我以後不會再花心了，大力在旁附和著，是的大嫂，春宏哥一直在暗中照顧妳，連我們唱歌 KTV 八〇八房費用也是他付的，難道我的手機電話費也是你付的？

對，我付的，今天是妳生日，我還記得妳十九歲生

日時，許下的二十歲生日禮物。春宏示意大力，大力把布拉下，露出了一台寶馬三二〇紅色的車，妳的願望不是要這一台車嗎？送妳，是妳的了。

建華看著天愛，看著春宏，年輕人玩得很大。

天愛看著建華，看著春宏……

春宏看著天愛……

春宏跪了下來，我發誓不會再花心，只對天愛一個人好。

同學們，你們全部都當證人，在一起，在一起，原諒他。

建華看了天愛，拉起了天愛的手走向春宏……

天愛，被愛是幸福的，好好去珍惜吧！

天愛流著淚看著春宏……

春宏一把抱住天愛，親吻了起來……

你以後不准再與其他女生來往，要把電話全刪了。

遵命老婆大人，凡事聽我的，OK，沒問題。

上車，老婆大人，我來開，妳有駕照嗎？沒有。

我明天帶妳去考駕照，老婆，好吔！天愛開心著大笑起來，開著紅色寶馬離開了現場。

建華看著遠去的寶馬車……

我是小三嗎？應該不是吧！

就算是，也應該是一位善良、不奪人所愛的小三吧！

哈哈哈……。

〈五號女友〉

天蠍女 VS. 獅子男

五號女友

姓名：許思思

天蠍座　10/23 ～ 11/21

年齡：二十五歲

個性：酗酒、暴力女、賭博、刺青、孝順、直爽個性、敢愛敢恨

身高 170cm

體重 55kg

三圍 34C、26、35

工作：金盆洗手的黑道大哥女兒，家裡開茶藝館

趙建華

二十四歲　健身教練、花店店員、廚師

男一　正直誠信

許金龍（思思父親）

金盆洗手的黑道大哥

開了一家茶店，最怕女兒也最疼女兒

許楊鳳（思思母親）

茶店老闆娘

阿忠（許父以前手下）

外表兇神惡煞，說話輕聲細語

茶店店長、全身刺青、江湖義氣

你們在幹什麼？欺侮老人？建華大聲喝斥。老人躺在地上被三位不良少年打著。建華過去就是幾拳重重的打在不良少年身上。小子你管太多了，建華氣得脫下外套，露出粗壯的手臂，去Ｘ媽的，過去就一巴掌用力的打在帶頭的臉上，不良少年嚇得全都跑掉。

　　扶起了老先生。您沒事吧？老伯，你腳受傷了，等一下我先報警好了，建華告訴了警察，剛才發生的事情，救護車並送老先生去醫院。警察也查閱附近的監視器，要查出這群滋事打人的不良少年。許母和女兒思思急忙的來到醫院，思思，老爸沒事吧？沒什麼事，是這一位先生幫我的，你叫什麼名字？許母問著。我叫趙建華，

老伯在路上被不良少年推倒在地，已經報警了，應該很快就會抓到人了，趙先生謝謝你救了我爸，我叫思思，這我電話號碼，改天好好謝謝你。年輕人謝謝，等我出院後，找你來店裡泡茶，好，老伯，您休息，我先走了。思思送建華出了病房外，謝謝趙先生，再見……。

　　老伴，你老了還不服輸，想當年你一個打十個，哈哈哈，英雄不提當年勇，一人打十個是葉問好嗎，我是一人打五個，身體沒事就好。

　　醫生來巡房，檢查沒有傷到骨頭，明天就可以出院了，謝謝醫生，晚上思思在醫院照顧著父親。

　　一早阿忠開著車來接大哥出院，大哥沒事吧？這筆

帳再找時間回來算。阿忠，我告訴你，不可以去報仇，我們已經退出江湖，不要再打打殺殺了，年紀也大了，好好開茶店做生意，安心的過生活就好。

走吧，出院，回家，回茶店……。

一回到金龍茶行，許母煮了一桌好菜，慶祝金龍出院，阿忠拿出高粱酒與金龍喝著酒，許母叮嚀不能喝太多，才剛出院，思思去冰箱拿著啤酒喝了起來，阿忠問著金龍當時的情況，一群年青人把我撞倒，又踢了我幾腳，幸好碰上好心人，這個年輕人把他們全打跑，真厲害，比我阿忠還厲害喔，真的比你厲害？這小子有練過，現在打電話叫這個年輕人過來喝酒，我要謝謝他，……

思思打電話找他來，好的，爸爸……。

喂，請問是建華嗎？我是，我是許思思，謝謝你，我爸爸今天出院了。老伯出院，身體康復了，爸爸已在家休息，我爸想請你現在來我家，我們在慶祝老爸出院，可是我還在上班，還有一小時才下班……思思電話給我，我來跟他說，建華，我出院了，找你來茶店喝茶，老伯，好，我下班過來看您……。

等一下這個年輕人會過來，阿忠要代替我多敬他幾杯，你大嫂交代我不能喝太多，許母從廚房端出豬腳麵線，吃了這一碗，金龍……。

知道來這茶店肯定會喝酒的，建華坐了計程車到了茶行。老伯好，大家好，年輕人，坐坐坐，這位就是救

我的年輕人建華。阿忠拿著酒敬了建華一杯，我叫阿忠，謝謝你救了我老大。阿忠哥，別客氣，我敬您，……年輕人好酒量，一杯全乾了。

來，多吃菜，這是我親手做的，謝謝伯母，伯父，祝您身體健康，伯父喝茶就好，剛出院不要喝酒，我乾了……。思思夾菜給建華，先吃菜，等一下再喝，酒喝太猛會醉的。

這個紅燒肉好吃，伯母菜做的很好吃。好吃就多吃一點，建華，以後常來我家玩，可以來找思思出去玩。

許父拿了一些烏龍茶茶葉給建華，茶葉對身體有很大的幫助，多喝茶最養生，以後常來，你今天喝很多了。思思你今天沒有喝酒，開我的車送建華回去，好，走吧！

我叫計程車就好，沒關係。上車，送你回去。謝謝你幫我爸爸，有空來家裡玩，你是做什麼的？我是健身教練，也在父親開的花店幫忙送花，難怪你那麼壯，可以把壞人打跑。我平常都在茶店顧店，也沒什麼朋友，妳手上怎麼有刺青？就是愛玩，別人刺青我也刺，你有抽菸嗎？我沒有抽，男生不抽菸的很少，正抽著菸的思思，呼出了一大口煙，習慣了，我抽很久了。女生抽菸對身體不好，妳少抽一點比較好，周日你要幹嘛？我的班下午二點後就沒事了，我去健身房接你，我帶你去吃海鮮，我請客，給女生請多不好意思，好，可以，我家到了，我住在花店樓上，再見，妳開慢一點，思思周日見。

回到家的建華滿身酒氣。你怎麼喝這麼多酒，老爸，因為我救了一位老伯，去他家吃飯，還送了我這一款茶葉，爸給你烏龍茶。真香，這個茶不便宜，我一聞就知道了，不是大賣場賣的那種，我去泡一壺來喝，你也可以醒酒，好茶一沖就知道了，香味四溢，比咖啡還香，來，喝茶，慢慢喝，很燙……剛剛老伯的女兒送我回來的，漂亮嗎？還不錯，交往看看，還不知道她有沒有男友，她約我周日去吃海鮮。

　　她請客，真大方的女生，花店生意勉強過得去，後天又有一場佈置場，早上八點出發，中午左右就可以完成，與你健身房的班會不會有撞期，沒有撞期，可以去，喝完茶，你早點睡，我明天一早就去鮮花批發市場買花

下訂單⋯⋯。

　　隔日去健身房上班的建華向公司請了明天的假，因為與花店撞期，主管告知近期已請假很多次了，造成會員有退費情形，建華你必須注意，知道了，林總⋯⋯。建華心想，乾脆把工作辭了，在花店與爸爸一起做花店還比較開心⋯⋯。

　　到了周日，思思開著吉普車來到健身房接建華，這台吉普車很適合妳開，女生開很合適，思思我們要去什麼地方？去北海岸看海吃海鮮，野柳買一些海產乾貨，好，好久沒去了。一路從北二高飆到一四〇，開慢一點，

小心測速，開一〇〇就好……。不一會兒就看到海了，這個時間沒什麼車，也沒什麼觀光客，我每次心情好，心情不好都會來看海，看海可以解除煩惱。到了野柳，我們去看女王頭，這顆頭世界有名，很多觀光客都是來看她的，小心走，別跌倒。建華握住思思的手，思思也沒有拒絕，兩人像情侶一般，散步在野柳公園，這裡有海鮮乾貨，買一些回去給爸爸熬湯吃，老闆買十包，五包五包分二袋，建華這五包給你帶回去，謝謝！東西我拿，建華又拉起了思思的手，接著去海洋公園看海豚表演，買了一些紀念品，這個海豚鑰匙圈，真可愛。走去漁港吃海鮮，二隻螃蟹、二百元蝦、一百元孔雀蛤、一百元海瓜子，二個人吃差不多了，我來付，不用了，我

來付就好，怎麼一直讓女生付錢。

　　兩人進了餐廳。你平常都喜歡做什麼？思思問著，平常都在健身房、花店工作，有空就去看看電影，我也很喜歡看電影，等一下我們去看電影，好。

　　好吃吧？真新鮮，吃好飽，走吧！回市區去看電影，看《流浪地球》。思思主動牽起建華，在往市區的路程，思思接到一通電話，好，我馬上到，建華，電影我們先不看了，改天去看，帶你去一個地方……

　　他們來到了郊區，前往山上一處別墅，一進去都是人。思思妳來了，哪一桌？三桌，來到了打麻將的地方。

思思坐了下來，拿出現金十萬元，來吧！建華看也看不懂，來到這個地方真是不合適，碰賭是不行的，思思別打了，賭博不好，我先打一下，只打二小時就好……建華在後面坐著，看著等著，看著手錶還剩下三十分鐘……等著睡著了。

走吧，建華被叫醒，妳打完了，打完了，贏了三萬元，這一萬元給你吃紅，我不要，不要賭錢，以後不要再來賭了，這個地方不就是職業賭場嗎？是犯法的，好，下次不來了，回去了，一路開車回到花店，這五包乾貨給你帶回去，好，謝謝，妳開車回去慢一點，我知道了……

一個人開車回去茶行的思思，想著今天玩得很開

心，賭博還賺了三萬元……

　　老爸，這三萬元給你，怎麼會有三萬，打麻將贏來的。我家女兒真厲害，打個麻將就贏了三萬，媽，我買了五包海鮮，可以熬湯，老婆，這三萬給你，賣茶賺的喔！不是，是你女兒打麻將贏來的，打打衛生麻將沒關係，千萬不可以去外面的職業賭場玩，是犯法的，我知道了，思思點著菸，想著，這家不去，去別家玩……我去煮湯……。

　　老爸，我回來了，你去海邊玩，你怎麼知道，看你手上的海鮮乾貨就知道了。這家店在野柳，老爸以前常

去，這個煮湯好喝，給我，我去煮……建華看著電視，正在播出新聞，警方破獲大型職業賭場，抓到大批賭場賭博人員全抓進警局消息，建華仔細看著，這個房子的外觀不就是剛剛去的地方嗎？好險走得早。湯好了，來喝湯……。

　　老爸，我有一個想法，你說。我想把健身房的工作辭了，來花店工作，可以，我早就想叫你來店裡上班，只是一直沒開口，想說你應該在健身房做得很開心。你來花店上班，父子聯手，把花店做好，自從你上任女友分手後，公司生意有比較差一點，沒事。老爸，我來花店看生意會不會好一點，我明天就去健身房辭職。好！最近有交女友嗎？有交一個，帶回來給老爸看，好，我

來安排。

　　建華騎著機車來到金龍茶行。思思正在忙著招呼客人，建華你先坐一下，阿忠也在招呼客人，今天店裡來了很多觀光客，伯父、伯母怎麼不在，他們與里長參加里民旅遊活動，去南部玩三天。

　　謝謝光臨，歡迎再來茶店買茶葉，今天一早都是陸客來買，而且都是指名要買金龍茶行的烏龍茶，阿忠哥辛苦了，坐著休息，建華怎麼有空來，我爸想要看看你。思思，晚上有空嗎？來我家，好，我茶行下班，過來大約八點到，需要我來載妳嗎？不用，我自己騎機車過來花店就好。好，晚上見。

轟轟轟……思思一身皮衣皮褲，騎著重機山葉八〇〇 cc 來到花店，建華到門口一看，思思脫下安全帽，露出金色長髮，哇！真是太美了。

　　妳真厲害，我連重機駕照都考不上，已考了二次了，妳一個女生騎這麼大台的車，真是超厲害的。

　　下次帶你去參加重機車友活動，我要去……。

　　爸，這是思思，伯父好，這是送您的烏龍茶，謝謝，妳家的茶真是好喝，回潤甘甜，回甘的好滋味盡在金龍茶行，伯父，這個廣告詞很棒，我寫下來……。我爸一直有個文學夢，投稿了很多家出版社但是都被拒絕，如果老爸當了職業作家，就沒有這家花店了，一切都是老

天的安排。思思，我家建華如果有欺侮妳，記得告訴我，我來修理他。伯父，他對我很好，老爸喝著啤酒吃著剛買的滷味，伯父你也喜歡喝啤酒吃滷味，我也是，那妳要喝啤酒嗎？伯父來三瓶好了，建華去拿啤酒，騎車不能喝酒，車放著，坐車回去，先來三瓶，來伯父，乾了……。

再來六瓶，思思妳酒量真好，伯父你也不差，伯父會喊酒拳嗎？五十、十五拳，行，來吧！五、十、十五……伯父你輸了，喝……，哈哈哈……

伯父你喝太慢了，喝快一點……五、十、十五，我輸了，我喝，喝慢點，思思。

酒真的能亂性，今晚思思喝醉了，個性變成了另個人似的，在花店大吵大鬧還把明天要出貨的盆花打爛，又哭又鬧的大叫，還飆髒話，建華今天算是長見識了，也想對這位剛交往的女友再觀察一下……。

　　思思晚上在建華房間過夜，吐了滿床都是，建華伺候著思思一整晚，到了隔日一早老爸忙著重新插一盆新花，而思思醒酒醒得快，起床後，卻不記得昨晚發生了什麼事情，我先走了，伯父、建華，OK，騎慢一點……。

　　轟轟……

　　建華辭去了健身房工作，專心在花店上班，已經三

天沒有主動去找思思，正在包花的建華，聽到門外轟轟機車聲巨響，該不會是思思吧！說曹操曹操到，建華你怎麼不去健身房工作，你辭職了？我去健身房問的。我不做了，專心在花店上班，你怎麼三天沒來找我，這幾天比較忙，所以沒去找妳，我爸媽回來了，找你晚上去茶行吃飯，晚上記得過來，我爸找你，我忙完過去，建華面無表情說著……思思上了機車，急馳而去……。

建華晚上下了班，到了茶行。你來了，建華，伯父、伯母、阿忠哥好，坐，大家正喝酒著，思思已喝了不少了，這麼晚才來，建華，用力的推了建華一把，坐好小心別跌倒，建華吃菜，來，喝酒，伯父，我騎機車過來

的，我喝茶就好，喝酒騎機車危險，等一下還要回花店包花，明天還要出貨，話還沒說完，一大杯啤酒已往建華頭上整個淋下去，阿忠哥趕忙制止，我爸叫你喝酒你敢不喝。妳喝多了，思思，女兒妳在幹什麼？妳怎麼把建華弄成這樣，對不起，許父道歉著。沒事伯父，我先走了，她喝多了，建華坐上機車，戴上安全帽，思思一個玻璃啤酒瓶丟了過來，用力的丟在建華頭上，還好有戴安全帽，不然就現場頭破血流，建華騎上機車，加速離去……。

　　阿忠，把思思帶去房間，她酗酒成性，又在發酒瘋了，好不容易交到的男朋友建華，我看又要被打跑了……。

隔天一早與父親一起準備去送花的建華，回到店裡發現思思在店裡，與花藝師有說有笑的。建華你回來了，妳怎麼來了，我來找你，我今天都會很忙，妳來幹嘛？伯父好，趙父點個頭打招呼，真怕等一下又有花要被破壞了，我爸昨天告訴我了，我昨天發了酒瘋，還拿酒瓶丟你，對吧？對不起，我都不記得昨天發生的事情，我來道歉的，歡迎光臨，客人來買花了，我下班後去茶行找妳，妳先回去，好，我在茶行等你……。

　　建華，晚上好好的與她談清楚，我不希望有一天她鬧事又跑來把花店都砸了，這個女生真是暴力份子，爸，我知道了。

到了晚上九點，建華依約來到茶行，與思思來到茶行旁公園。

　　思思，我有話跟妳說，我從一開始與妳交往到今天，我覺得妳不適合我，我們個性差太多了。我不抽菸，妳抽菸，我不愛喝酒，妳酗酒，我不說髒話，妳罵得很兇，更重要的是妳愛賭博，我卻連樸克牌都不會，更別說複雜到看不懂的麻將了，妳還跑去職業賭場賭，妳已經發酒瘋很多次了，事後妳卻不知道上一秒發生什麼事，妳有一次也是把我家花店毀了，妳酗酒非常嚴重，妳要去治療，我要與妳分手，我們真的不適合，妳也仔細想想，我們到底合不合適……。

你想分就分吧！我天蠍女敢愛敢恨，不會乞求男友回頭原諒，你說的這些問題，我會去試著改，我們有緣再見吧！我走了……。

　　建華頭也不回頭的上了機車，分手了斷這一段不愉快的戀情……。

　　天蠍女，獅子男的我，應該是天生不合吧！

〈六號女友〉

獅子女 VS. 獅子男

六號女友

姓名：雷美娜

獅子座　7/23 ～ 8/22

年齡：四十歲

個性：女強人、控制慾、神經質

身高 170cm

體重 50kg

三圍 34C、26、35

工作：化粧品公司總經理

趙建華

二十四歲　花店店員、廚師

男一

阿善師

廚師

精通江浙菜料理、趙父朋友

正值下班時間，騎著機車的建華，看前面路上塞車非常嚴重，原來是一台老舊的豐田汽車壞掉了，擋住了半個道路，看見車主是一位小姐戴著墨鏡，卻沒有半個人願意停下來幫忙，可能大家都想急著回家吃晚餐吧！

　　小姐需要幫忙嗎？建華說著，小弟謝謝，我太需要幫忙了，我這台老車壞了，可不可以麻煩你，幫我找一下附近有沒有豐田汽車保養場，請他們來拖吊。熱心助人的建華二話不說，上了機車開始找修理場，打開手機一查，前方路口就有了。老闆前面有一台豐田車需要修理，麻煩去拖吊，我帶你們去，跟我機車，好，走……。建華帶來了拖吊車，美娜拿出名片，我叫雷美娜，

你叫什麼？小弟！可以叫我建華，不要叫小弟，我二十四歲了，這名片給你。

一千元給你，謝謝你幫忙，名片我收下，錢妳收下，我不收，你電話給我，我請你吃飯，吃飯可以，我電話號碼給妳，大姐，我們再聯絡，我先走了。

這年頭還有熱心助人的人不多見了，小姐請上車，要回我們保養廠修車，美娜看著這台開了十年的車，差不多該換車了……。

包花已經包出專業的建華，與花藝師正在插盆花。建華我有一個朋友開了一家江浙餐廳，下班後我帶你們去吃，花藝師都去，我訂了一桌捧場，好吧！太棒啦！

老闆請客，又有好吃的了。到了傍晚，想著去吃大餐的花店所有員工，加快速度已把隔日要出貨的花提前插好。報告老闆，全體員工已就位準備前往江浙餐廳，工作已順利完成。想到吃，大家效率就高了，我宣佈現在出發，明天花要出貨，大家今天都不准喝酒。

以免喝酒誤事，遵命老闆，我們喝茶就好⋯⋯。

花店一行人來到餐廳，王兄，恭禧餐廳開幕，坐坐坐，老友好久不見了。服務員帶進一號包廂，我已準備了八菜一湯，馬上來⋯⋯。

其中一道紅燒獅子頭最受大家歡迎，這個菜真好吃，同學這個菜真是好吃。這是我請來的阿善師做的，

很受食客喜歡，這個店剛開幕，廚房人手不夠用，我這邊忙進忙出的，建華你不是想再找一份工作嗎？我覺得你可以來餐廳學做菜，我看行喔！老爸，兩人輕聲細語的，密謀偷學這道好吃的紅燒獅子頭。同學，我兒子想來店裡拜師學藝，可以嗎？太好了，一直缺人手，明天馬上來上班，晚上生意特別好，你就做下午四點到九點好了，謝謝老闆，你們先吃菜，我先去忙，謝了，同學，應該是我謝謝你才對，來我店裡捧場又幫我找了一位員工……。

正在化粧品公司開會的美娜，這一季的化粧品業績，業務部全體達標完成公司指定業績，大家鼓掌，公

司將會發放獎金，匯入各位的戶頭，謝謝老闆，開會完畢，全體解散去忙吧！

美娜想起了幫忙修車的小伙子打去了電話，喂，趙建華嗎？我是雷美娜。

雷姐好，你在忙嗎？我在花店，你等一下有空嗎？來我公司一趟……。

建華心想，雷姐有開公司，應該可以訂花店的花，好，雷姐，我一小時後到。老爸，我出去一下，去跑業務，好，你去吧！

哇，好氣派的大樓，建華看了名片在十八樓。先生找誰，我找總經理雷美娜，貴姓？趙建華，報告總經理，

有一位趙先生找您，請他進來。

雷姐好，建華，謝謝你的幫忙啊！姐的公司是化粧品公司，我在大廳看見許多化粧品，對的，專門外銷，建華你是做什麼的？建華拿出名片，我在花店上班，我爸開的，晚上在餐廳當廚師。花店，我公司常常需要，陳秘書，是，雷總，這個名片存檔起來，以後公司送花一律送這家花店的，是，雷總。謝謝美娜姐。你等一下還有事嗎？沒事，姐，跟我去一個地方⋯⋯。

兩人坐著出租車來到富豪車行，建華心想，我才舉手之勞幫個小忙而已，該不會要送一台汽車給我吧！還是百萬豪車，那怎麼好意思收下。

建華，建華（正在發呆中的建華），到了，進去，小姐妳好，歡迎光臨富豪汽車，這二台休旅車 XC60、XC90 有什麼差別，業務員詳細介紹著，就買這一台 XC60 的好了，小姐需要什麼顏色，白色的，請來填單。該送的配備該送就送不要漏掉，公司有指定送車主配備，小姐請放心，我付定金五十萬，其餘交車時一次全付清。謝謝雷總，車到時通知您交車。走吧，建華，姐真霸氣，買車不到十分鐘就買完了，確定了就趕快做，不要浪費時間，雷姐上次那台老爺車呢？報廢了，修理費要五萬，幹嘛修，報廢算了！建華看了手錶三點半了，要去餐廳上班，姐我要去上班了，好，建華你先走，姐再找你，OK，隨傳隨到。這小子，姐挺喜歡的。

　　　　　　　　　　　　　　　　　我的 8 號女友

建華，阿善師好，你已經來廚房一陣子了，老闆有交待要好好照顧你，這樣好了，我教你學一道菜，你想學什麼菜？師父，我要學紅燒獅子頭，你內行人喔，我這一道菜最有名，好，我教你，先拿筆寫起來⋯⋯。

剛學做這一道菜，要先寫出需要準備什麼食材及做法。

材料：

豆腐四條、大白菜一顆、素雞丁、紅蘿蔔二條、香菜二把、薑、蒜末。

調味料：

胡椒粉（一些）、鹽（一匙）、地瓜粉（一匙）、

醬油（二大匙）、水（一碗）

作法：

一、豆腐、素雞丁切碎，放入薑末及調味料，香菜
　　切細末一起放入攪勻，揉成扁球狀收個。

二、熱油鍋加熱至六、七分熱度，將丸子放入，炸
　　成金黃色，撈起濾油備用。

三、大白菜洗淨切成中塊，紅蘿蔔切片。

四、炒鍋入油燒熱，將薑片放入爆香，白菜塊、紅
　　蘿蔔片與鹽少許一起放入炒，炒至白菜塊再加
　　水與炸好的獅子頭翻炒一下，加進醬油拌勻，
　　就可以轉小火燜煮，燜至湯汁成為稠狀就可以
　　起鍋了。

記住了嗎？記住了，師父。

去拿材料，開始做菜……。

不對，鹽要放一點，菜放進去，放地瓜粉……今天什麼時候學會，你再回家。

嚴師才能出高徒，就這樣到了凌晨一點，建華終於學會這道菜了，阿善師父，感恩師父，贊嘆師父，我出師了……。

下班後到家的建華。老爸告訴你一件事，什麼事，該不會又被女生騙錢了吧！不是這件事，我已經學會了紅燒獅子頭，真的假的，趕快做，當宵夜吃，爸我現在去超市買材料，馬上回來……。

菜齊了，你可以去看電視，等我在廚房弄好再告訴老爸過來吃……。

建華再一次製作獅子頭，按照阿善師教的，一步一步做，放菜、下鍋、放調味料、燜煮，……好香，客廳都聞到，快好了，差不多了，起鍋，OK了，真佩服自己，放一些辣椒可以沾著吃。老爸，好了，可以吃了，筷子給你，趙父夾了一顆入口，真是口感不一般，好小子，做得與餐廳一模一樣，好吃，以後家裡宵夜靠你了，一人四顆，我也覺得自己煮得真是太好吃，阿善師父教得好……。

建華這時手機電話響。喂，是美娜姐喔，對，建華你現在來我家，我給你地址，有事需要你幫忙，喔好，

我現在過來。老爸，我出去一下，一位大姐找我，我朋友，你去吧！你的份我全吃了，你吃吧！

　　建華看著手機導航來到了美娜家，淡水別墅區，門口警衛通知了住戶。對，我朋友可以放行，好大的房子，少說也有一五〇坪，庭園還有魚池，美娜姐，我到了，門開了，可以進來了。

　　好漂亮的房子。我一個人住，你以後可以常來，廁所的電燈壞了，我不會換，你幫我，穿著一身透明睡衣的美娜姐，拿著燈泡給建華。姐換好了，還有什麼要弄的嗎？給你錢，不用了，兩人到樓上陽台看海喝紅酒，姐我騎機車來的，等酒醒了再走，陪我喝，好，姐

……。

夜深了，美娜說著創業不易，成功賺錢後，反而不快樂，身旁沒有一個真心的朋友，都是來騙錢的，雖然事業成功，卻連一個伴也沒有。建華我給過你二次錢了，你都不要，你這個小弟不錯，我收你做乾弟弟好了，不許不答應，以後姐養你。建華聽著很想笑，就當這位姐說酒話好了，OK，乾姐，乾杯……。

姐，我酒差不多退了，我先回家了，明天早上再回去，我帶你去你的房間，你睡這間，姊也累了，明天一早我會出門去公司，你出門把門關上就好，好的姊，晚安。

一早醒來的建華，看著海，真棒的房子，真有錢的

姐姐，關上了門，趕去花店上班。

　　老爸，昨天我沒回來睡，去姐家睡。什麼時候有姐了，我只生你一個而已，是一位乾姐。快來幫忙包花有訂單，最近公司有一些訂單都是一家化粧品公司訂的，我看一下什麼公司，娜娜化粧品……是姐的公司，老爸，這是我乾姐訂的，很夠意思，我以為她只是隨便說說。喔！你這個乾姐姐很幫忙，下次你見面代替公司送花給她，謝謝她，OK，老爸。

　　正在餐廳上班的建華接到美娜的電話，建華，下班後來家裡，好的，姐。老爸幫我包一束九十九朵玫瑰花，姐來電了，送花謝謝她。

等一下下班後來店裡拿，做一份獅子頭帶去給姐宵夜好了。

　　機車行駛在往淡水的路上，沿著海岸來到別墅區，你是雷總弟弟，進去吧！謝謝！連管理警衛都認識我了，手捧鮮花、帶著獅子頭的建華按著門鈴，開了，進來，……姊，花送妳，……手捧鮮花的美娜已三年沒有男人送花了，建華突然送了這束花，讓美娜燃起了對男人的渴望。

　　弟，這花真漂亮，我還帶來我親自做的紅燒獅子頭，你還會做菜喔！吃吃看，真鮮，我拿紅酒配著吃，來，你也喝一杯。這酒是一九六八年份的紅酒，特別好喝，

姐，這酒好喝，好喝就多喝幾杯，本來只是單純的姊弟，因為一束花改變了現狀，因為一杯酒，勾起人原始慾望。酒精使人興奮，使人迷失方向，這一晚因為酒精的催化下，兩人上了床，得到滿足的美娜，接下來更離不開建華，雖然兩人相差十六歲，但保養得宜的美娜，就像三十歲般的容顏與身材。

　　到了隔日一早，美娜已做好了早餐，一絲不掛的建華起床後，明白昨夜發生的一切，真是太突然了。弟醒了，快來吃早餐。

　　牛排多吃一點，補充體力。弟，你有駕照嗎？有啊！你都是騎摩托車喔，對的，我都騎機車，你昨晚帶來的獅子頭真是好吃，我是獅子座的愛吃獅子頭，姐是獅子

座，我也是獅子座，這麼巧，我們生日只差三天，會不會這麼剛好，以後每年都一起過生日。

　　下午在花店包花的建華，接到美娜的電話，去了一個指定地址，到了門口。看見鈴木汽車行，走了進去，姐，找我……姐送你一台車，你騎機車日曬雨淋的，這款新型吉普車適合你，車行代表解說著車的功能，坐著駕駛座，手握方向盤的建華，不敢想這台車是要送我的，到底是收還是不收，先生你要什麼顏色，銀色好了……，建華，我錢已付清了，你等著通知來拿車，謝謝姐，你先在車行辦手續，姐先去忙了，晚上你再來家裡，我知道了，姐……。我打了家裡鑰匙給你，方便出入。

三天後，車子交車了，建華開來花店。建華，你哪來的車？這台吉普車真漂亮。老爸，乾姐送的，這麼好，這個乾姐真是疼你，殊不知趙父不知道兒子與美娜的關係，有這台車送花也方便，剛好，把這個盆花送去給客戶，好的，開著新車心情特別好……。晚上去餐廳上班也羨慕了不少人，就這樣建華過著白天花店，下午餐廳，下班後淡水別墅，隨傳隨到的生活，晚上深夜的體力活連續了二個月，都變瘦了。

　　四十如虎的美娜，讓建華想到前前任女友三十歲，也是體力特別好，再這樣下去，我不行了，我怎麼感覺

自己就像是被包養的一樣，對美娜姐就像姐姐，可是又做這種……，唉，沒有愛情的感覺，隨傳隨到不能反抗，感覺自己就像牛郎一般，年老色衰怎麼辦？電視上都是這樣演的，大夢初醒回頭是岸的建華，在這一晚把車開去淡水別墅車庫，並留下一封分手信在客廳。

建華坐著出租車，看著窗外淡水夜景，吹著海風，又回到了現實的環境繼續生活……。

〈七號女友〉

牡羊女 VS. 獅子男

七號女友

姓名：楊嘉玲

牡羊座　3/21 ～ 4/19

年齡：二十五歲

個性：八種個性，演員，多情，為了博上位不擇手段

身高 172cm

體重 50kg

三圍 34E、25、35

工作：藝人、演員

趙建華

二十五歲　花店店員、廚師

男一

金哥

藝人楊嘉玲經紀人

交際手段一流、金主王老闆的手下

王老闆

金主兼乾爸

房地產大老、包養楊嘉玲的影視公司老闆

喂，建華，我是健身房李經理……。

李經理，好久不見了，你找我有事？

對的，昨天公司有一位會員，他是導演，看見了公司健身房教練師資你的相片，他要找你拍 MV，聽說是與大明星楊嘉玲拍唱片 MV，你要去嗎？如果你要去，我給你馮導演電話。要要要，當然要，與大明星拍 MV，求之不得，我真是幸運。你現在打給他，謝謝李經理，改天請你吃飯，好，記得請我吃飯……，別忘了。

建華拿起手機撥了過去。嘟、嘟、喂！您好，請問是馮導嗎？

我是健身房的趙建華，我們李經理要我打電話給

您，是你，就是你，你現在馬上來電影公司試鏡……。
到了電影公司，導演好，房內許多工作人員忙進忙出，
你把上衣脫下，我看一下，建華露出六塊肌強壯的身體，
OK 了，就是你了，請副導留資料。

　　服裝師先來定裝，你後天來拍 MV……建華興奮的
心情一直忍住，直到下了樓。太棒了，我要拍 MV 了，
與大明星一起拍，開心著回家告訴老爸。

　　老爸，我要與大明星美女楊嘉玲拍片了，……後天
嗎？記得要去餐廳請假。

　　到了拍片這一天，導演安排嘉玲與建華走位、排戲，
在走位的過程中，燈光組腳架沒有就定位，朝著嘉玲倒

了下來，見狀的建華，一手抱住燈架，避免壓傷了嘉玲，也化解了燈光倒地摔壞，而無法拍攝的問題，小子，幹得好，來，正式拍攝……。導演稱讚著建華。

　　NG，建華，你要拉著女主角往前跑……。

　　NG，再來一次，建華，臉部要很憤怒的表情，我要特寫。

　　NG 了二十多次後，終於成功，順利拍完了。

　　全場私下沒有與嘉玲講過一句話的建華，在片場角落與嘉玲碰到面，嘉玲避開經紀人金哥，偷偷給了建華一張紙條，……建華謝謝你救了我，不然我就破相了，這是我手機號，我們加 LINE 聯絡，我們可以當朋友。

建華不敢相信，美麗的大明星會給自己電話號碼，還主動要做朋友，真是戲如人生，人生如夢。

最後請服裝大姐拍一張與嘉玲合照的相片，留做紀念。晚上高興得睡不著，看著相片，對，要加 LINE……，建華傳去了交友邀請，等著等著一直未回覆，到了深夜二點，加上了，兩人聊著天，嘉玲說著今天的工作狀況，兩人同齡有說不完的話，下次再聊，建華，我明天拍戲早班，要睡了……再見，晚安。

天天上班、下班，有空就拿出相片看一眼。我現在是楊嘉玲的粉絲，建華還找到了楊嘉玲的官方粉絲頁，轉貼全力支持，還去買了一百張單曲唱片，店裡買花送

一張唱片，花店不到八小時就賣完了一百束花。每天深夜時分的二點，建華都與嘉玲在 LINE 私密對話，並知道了原來建華家裡是開花店的，平常都在店裡插花、送花，嘉玲並要了花店電話，直到有一天……晚上……。

喂，花店嗎？是的，請現在送一束八十八朵粉紅色玫瑰花來，我給你地址……。

接到電話的建華殊不知是大明星來電話，而嘉玲一聽就知道是建華……。嘉玲假裝是客人來訂花。

老爸先下班了，這束花只好自己包……，三十分鐘後，包好了，送貨去。建華看著地址，來到了內湖民權東路的別墅區，手捧鮮花，警衛經過屋主確認後才能放

行，建華走進社區，到了，就這一間。

　　建華按下門鈴，一開門的竟然是大明星楊嘉玲，妳怎麼在這？我訂的花，這我家，你進來吧！建華看著屋內四周沒有一個人，一般大明星家裡不是應該有佣人、經紀人、一堆人伺候著。現在是私人時間，不是工作，我一個人住，手上拿著紅酒正喝著的嘉玲，已喝了一瓶酒了，花錢給你，建華收下了錢，謝謝！你要不要來一杯，行，可以，你陪我喝酒。兩人聊得很高興，建華也喝多了，主動開放的嘉玲，拉著建華進了房間，真是酒能亂性也能助性，難怪現在市面上的紅酒賣得特別好⋯⋯。

就這樣，建華成了大明星楊嘉玲的地下情人，每次等嘉玲有空就會找建華來家裡，他們幽會的地方就在家，怕在外面會被娛樂圈狗仔記者拍到照片，更怕的是讓金主乾爸知道。而建華每次來都會帶一束八朵粉紅色玫瑰花來送嘉玲，討女友嘉玲開心，建華不知道是那來的自信，一點也不自卑，面對大明星有錢有豪車大別墅，而建華只是有一台破機車，沒錢的窮小子。直到這一天晚上，金哥來到嘉玲家裡開會，看著屋內都是粉紅色玫瑰花……。

　　嘉玲，妳看一下這個廣告合約，明天要簽約，我先走了，金哥卻不小心遺留了家裡鑰匙在沙發上，當金哥

一走，嘉玲馬上去信給建華，建華馬上包著玫瑰花就往嘉玲家去，在同一時間，金哥摸著自己的口袋，家裡鑰匙呢？放哪了……。

應該掉在嘉玲家沙發上了，金哥開車往回走，提前到了嘉玲家，按了門鈴，以為是建華來了，嘉玲穿著透明薄紗睡衣，一臉開心開著門，一開門卻發現是金哥嚇了一跳。金哥你怎麼又回來了？我家裡鑰匙掉在妳家沙發上了，金哥入門找。不在這，找到了，在沙發上。我先走了，金哥順勢往大門走去，正要去開門，這時門鈴響了。

這麼晚了，是誰？嘉玲害怕著但卻故作鎮靜，金哥，打開門。

建華一把花束擋住自己的整張臉，金哥大聲怒斥，你幹什麼的？以為是嘉玲來開門的建華，放下花束，還沒開口，嘉玲開口了……。

　　這是花店，我叫了花，還假裝生氣的說著，下午叫的花，你們花店怎麼這麼慢，現在才送來，以後不再訂你們的花了，給了建華一千元趕快打發他走。

　　建華只好陪著演，直說對不起，對不起，嚇得趕快離開現場，金哥看了一眼，花束上花店的名字及電話。嘉玲以為騙過經紀人金哥，卻不知接下來，即將發生一件令嘉玲痛苦的事情，就快要到來了……。

　　金哥派人暗中調查花店，以及當晚深夜出現在嘉玲家的小子真實身份……，手下稱職的拍了許多花店相片

及建華的一日行程。以為沒事了的嘉玲，還是按照平常作息，深夜找來建華排解寂寞，這一晚建華從餐廳親自煮了一湯，卻不知道一路上自己被跟蹤了。嘉玲，這是我親手做的蓮藕薏仁排骨湯，這個湯有豐富維生素，可以美白退火，養顏美容，最適合明星吃。建華用湯匙餵著嘉玲，兩人在廚房卻不知在遠處有人用著長距離相機正拍著，嘉玲開心著抱著建華猛親，被金哥手下全拍個正著。拍到了，現在馬上去找金哥拿賞金。

看見了這一堆相片，金哥氣得找來黑衣人，並把這件事告訴了金主大老闆王董，王董一看相片，抽著菸。這個男的是誰，報告老闆，只是一家花店店員，小金你

是怎麼看藝人的？對不起，老闆，叫嘉玲明天晚上十點來家裡找我，至於這個小子，你應該知道怎麼做吧？我知道老闆……。

金哥指示了黑衣人，晚上深夜拿著球棒就把花店櫥窗玻璃全打破，隔日早上趙父來花店發現玻璃全破，但店門外卻沒有裝監視器，也不知道是誰幹的，該不會是小孩子惡作劇，不小心打破的，趙父也沒報警。

馬上就找人來把新玻璃裝了上去，趙父也沒說，建華也不知道……。

晚上嘉玲來到乾爸家裡，什麼話都還沒說，就被粗暴拉進房，兩人來到客廳。嘉玲，這些年妳因為乾爸的

支持進入了娛樂圈，我用錢把妳捧了起來，給了妳名，給了妳利，投資電影都是指定要妳當女主角，花了大錢，找了大牌明星來當二號襯托妳，捧紅妳。

妳紅了，住大別墅，還是我送妳的，妳爸欠的賭債二千萬，也是我還的，妳開的紅色賓利車也是我送的，妳手上的五百萬鑽石戒指、名牌包、妳身上的昂貴衣服，有哪一樣不是我給的……。

王董氣得口出惡言，知道這個事卻不點破，但嘉玲心中知道，王董應該知道我與建華的事了，妳把衣服全部給我脫下來，脫……。脫得一絲不掛的嘉玲，站在金主面前，如果我沒有捧妳、包養妳，妳……什麼都不是，什麼都沒有，王董氣得回房，……冷靜的嘉玲知道自己如果失

去這一切將什麼都沒有了，全身一絲不掛的拉開乾爹的房門，乾爹我知道錯了，請你原諒我，……，我以後會聽話……再也不讓您生氣……。

不要以為，我不知道妳最近在幹什麼？

嘉玲用年輕的身體，平息了乾爸的怒火……。

嘉玲知道自己用自身的美色……

就能得到一切自己想要的，……錢、地位、豪宅……。

連續好幾天都沒有接到嘉玲的來信，打電話去也不回，深夜拿著花跑來找嘉玲，但是以前來別墅都很自由出入，今天卻不得其門而入。為什麼進不去了，前幾天

我才來過，今天就不能進去，屋主有交待，任何人都不見，建華試圖再打電話，嘉玲還是不回信，不接電話，再打去已經關機了。

這時天空下著大雨，建華手拿著的粉紅色玫瑰花被大雨淋濕了，建華拿起手機傳了短信給嘉玲……

如果妳是用這種不告而別方式與我分手，一直拒接我電話也沒關係，謝謝妳給我這短暫的美好愛情回憶，我將永存心底……，祝妳一切都好……。

手上的花丟進了垃圾筒，一束已沒有愛情意義的花，不過是一堆垃圾而已。沒有深愛過，就不知道分手竟然有如心如刀割般的痛苦，交往過程中，我用心良苦

的付出真感情，妳卻原來什麼都不要，一聲不響不告而別的離開我，如果這是妳的選擇，而我卻以為今生註定般的我們，會一直在一起不分開，如果說這是天意，妳左右為難的不回信，我不怪妳，只怪我太輕信諾言，今晚想敲開妳家大門，卻被盡忠職守的警衛擋在門外。

我問天，我哪裡做錯，如此處罰我？妳不是說妳有不能說的秘密要告訴我？這一切的美好回憶，我將會鎖上記憶，放在心裡。認識妳真好，平凡老百姓與大明星的愛情，是我的我保護，不是我的，我只好放手。

只要妳過得比我好就好……建華留。

下著大雨，騎著機車，建華忍著傷痛，心中知道，這是老天爺給自己的考驗……。

〈八號女友〉

巨蟹女 VS. 獅子男

八號女友

姓名：薛凱莉

巨蟹座　6/21 ～ 7/22
年齡：二十二歲
個性：可愛、戀家、脾氣好、不菸不酒、孝順、大方主動
身高 160cm
體重 46kg
三圍 32C、24、34
工作：民宿老闆

趙建華

二十八歲　花店、廚師
男一　有為正直青年

林佩君

新女性健康中心店長、凱莉與建華的介紹人

周小虎

龍鳳婚友社經理
成功配對千位男女結婚、現代媒人婆

薛母（凱莉母親）

快樂民宿創辦人

建華自從被第七任前女友嘉玲分手後，天天心情不是很好，只在花店上班，餐廳的工作也辭了，除了花店以外，就是在家打電玩，對外活動一律不感任何興趣。老爸趙父覺得這樣下去不是辦法，便去找了目前成功配對率最高的婚友社：龍鳳婚友社。

　　趙父來到了婚友社。歡迎光臨，龍鳳婚友社，我是經理周小虎。男人是龍，女人是鳳，來到龍鳳婚友社保證讓你龍鳳配，早生貴子，請坐。這位先生，您需要什麼樣的女生，大約二十至二十五歲之間，身家清白，身高、體重無所謂，最好身高一六○公分以上，體重真的就沒關係，太胖還可以叫她去減肥。先生您今年幾歲，小虎上下打量著趙父，心想，又是一位爺爺級的客戶想

老牛吃嫩草，少說也有六十歲了，我今年六十歲。賓果，我猜得真準，我們這婚友社是目前成功配對率最高的婚友社，沒有娶不到，沒有嫁不掉，龍鳳婚友社，滿足您一切所需。男女配對，高貴不貴，一年只要八萬八，一次付清三年二十萬元，三年內無限量供應海量女生資料配對，三年內沒有配對成功結婚，婚友社退還您所有會費，並在您結婚時包十萬元紅包禮金。這合約您仔細看一下……，像這種客戶爺孫配對型的，比較符合三年型式的……。

　　爺孫配對？什麼是爺孫配對？

　　像您主角是六十歲，您希望對象是二十至二十五

歲，業界簡稱為爺孫配。

不是我要相親，我要幫我兒子報名。

您早說嘛！一年至三年期的，需要那一種？

三年期的比較划算，周經理眉開眼笑的看著趙父手上的卡。

您手上的信用卡，給我卡，三年的可以嗎？相親對象多，其中不乏是高知識份子、律師、女強人、有錢人……三年的女生最好，好，我要三年的。雙方簽下合約，小虎收下卡，刷下卡，高興的收了錢，全體員工鼓掌歡迎進單。

請給我資料，或明天帶趙公子來婚友社建檔，可以來拍照建檔不用錢的。不用錢，太好了，我明天帶我兒

子來好了，您下午一點半到就可以。

　　趙父開心的離開，拿著婚友社公司簡介回到花店。建華你多久沒有修鬍子了，很久了，你自從與女友分手後，天天不是在花店，就是在家裡，也沒有與朋友出去玩，就一直一個人，成了大家口中說的宅男，這樣不行，你還是應該出去交朋友，老爸已幫你報名婚友社，錢也付了，明天你要去拍照存檔。去婚友社有什麼用，都是騙錢的，裡面的女生又不好看，又拜金，你怎麼知道，你又沒去過，猜的，搞不好你的下一任女友就在這裡面也說不一定，況且我已簽了三年，錢一次付清，一定找得到，找不到婚友社會全額退費又賠錢，賠多少？十萬

元，好我明天去鐵定讓他賠錢。

　　隔日下午倆人來到婚友社。我們來找周經理，您請稍等，趙先生，請坐，這您公子嗎？長得一表人才，先填好表格再來拍照，請整理一下服裝儀容，可以進去那個房間拍照，三、二、一微笑，倆位再一次，三、二、一微笑……拍好了。

　　請倆位來辦公室，建華資料填好了，周經理拿出婚友社女會員的資料給建華看，趙公子先看相中哪一個？

　　建華瞄了一眼相片，直說，還好還沒有吃飯，是空肚子來的……。

　　周經理以為他們肚子餓，私下叫員工叫了一個十八

吋大披薩來店裡，有喜歡的嗎？慢慢挑。這些相片及資料，臉孔是屬於福相型的，應該比較受到活在唐朝的男人歡迎……。

請給我們兩杯水，真是的，只顧著說話，還沒有給倆位水，周經理看著瓶水，拿出高檔法國礦泉水，倆位水來了，……這組不太滿意我再拿出下一組來給倆位看，……或者您可以告訴我，喜歡那種型的，漂亮的沒錢型，很胖的有錢型……。

有沒有像演員周冬雨這種嬌小可愛型的，我找一下……。

這個女生剛來加入會員，看您喜不喜歡，看相片還有點像，如果趙公子喜歡，我就來安排碰面了，建華這

個不錯，老爸喜歡。啊！不然你去相親好了，周經理就這個，你安排碰面，OK，交給龍鳳婚友社，包準成功配對。

到了相親當天晚上，女方要求要吃晚餐，而且指定要在一○一吃飯，雙方家庭代表，男方是男方家長出席。女方則是女方家長，加弟弟加妹妹加奶奶加阿姨加舅舅出席。

趙父看著相個親，女方共出席了八位代表……。

趙父看著菜單，倒吸了一口氣，女方已開始點菜，婚友社周經理盡責的正唸著雙方的資料。女方忙著點菜，女方共計點了八套海陸大餐加二瓶紅酒，其中一瓶還是像周冬雨的女生點的，加六瓶啤酒，加一份單點龍蝦三吃及二

份生魚片大拼盤，建華看著這位叫劉小梅的女生，長得這麼瘦還真會吃，專挑貴的，趙父及建華點了兩份鳳梨炒飯，周經理也識趣的只點了一份鳳梨炒飯。先生，你們點的菜全到齊了，請……慢……用……。話才剛說完，這一群餓死鬼投胎的女方代表，正以大胃王比賽一般的吃法吃著，男方鳳梨炒飯吃不到一半，女方就全吃完了。建華看一下父親，示意周經理，我們先走了，你們留著，還有餐後咖啡及水果可以吃。

　　我們男方會結帳的，女方才放下心中石頭，以為男方不會付帳。

　　好，我們走吧！根本就是餓死鬼投胎的家庭，這一餐花了我快三萬，周經理也覺得不太好意思，下一位相

親者我一定會過濾一下，天啊！真恐怖，建華嚇到了，瘦的人這麼會吃，到底餓了幾天……。下次相親挑個胖的好了，應該就不太會吃吧？

這一天周經理又安排了一位小姐給建華相親。趙父要求周經理，以後相親男女雙方都不要任何代表出席，由二位當事者自己談，周經理雙手同意，以免客戶又與上次一樣破財……。

建華依約來到忠孝東路四段上的星巴克，坐在最裡面角落的位置，雙方都手上拿著相片，左胸上別著一個婚友社的龍鳳商標。

建華看著手錶，時間快到了，應該快到了，我先點

好以免對方又點一些貴的。幸好今天是買一杯送一杯……。建華點了咖啡及兩個麵包三明治，坐在位置上等這位叫張淑美的女生，照片上看起來還蠻清秀的，長髮、瓜子臉，像趙薇的大眼睛，林志玲的長腿，范冰冰的身材，最好有啦！……先生你是趙建華嗎？建華拿起相片，瞇著左眼比對著，眼前這位女生與相片中的女生，長相真是一點關係也沒有……。我只能佩服周經理去哪找的攝影大師，把女生都拍得這麼美。

　　我是建華，請坐，我叫淑美，妳喝咖啡，我點好了，還有三明治，我喝咖啡就好，我吃飽了。……女方用吸管喝著冰咖啡不說一語，突然淑美一口飲盡咖啡，我覺得我們結婚後可以生四個孩子，我喜歡熱鬧，要買一部

車給我，我懶得走路，賓士與 BMW 都可以，保時捷最好；婚後不做家事，要請佣人做；每個月我的零用錢十萬元；每生一個孩子要給我一百萬元……。

婚後不與長輩同住，需買一間八十坪房、五個房間的房子，靠海的，我喜歡看海，房產是我張淑美的名字。妳叫淑美對吧？妳在這慢慢吃三明治，我有事先走了。妳想太多了，建華任憑淑美的叫喚，頭也不回的離開現場……。

老爸我發現你可能被詐騙集團騙了，相親對象不是大胃王，就是拜金女，所以去相親空腹是對的，長相及行為真是令人作嘔想吐。

兒子啊！我錢都付了，忍耐點，再看看其他的女

生，有沒有合適的。難怪婚友社生意真好，騙吃騙喝的居多，我去找周經理，叫他安排幾個條件好的高知識份子，你一天就可以全部面試完畢，全叫來，一次看多一點……。

老爸安排好了，錢都付了，老爸我知道，所以不要浪費嘛！就這樣這兩年多以來，建華過著幾乎天天相親的日子。

這一天相親完的建華走在路口……建華，好久不見。佩君喔！佩君妳還在健身房上班嗎？不在了，建華你離職後，沒多久，我也離開了，我現在在新公司上班，

當店長，新女性健康中心，是做美容美體瘦身減肥的公司，你不是在花店上班嗎？你明天來我公司看場地，在忠孝東路四段，有一百坪，公司都需要盆花佈置，謝謝妳佩君，好久不見，在街上碰見，還給我生意，真是夠意思。好朋友嘛，在外靠朋友，互相幫忙，建華你明天早上十一點過來，好的，謝了，佩君，我們明天見……。

回到花店的建華，老爸，我相親完了，婚友社的女生應該都被我看完了吧，這個退費，他們退定了，剛剛在路上碰到以前健身房同事，明天去看場地，新的公司要盆花佈置，明天我去看一下。

先生請問找誰？請問林店長在嗎？請稍等，您坐一下。

建華，我先帶你參觀一下公司，看什麼位置可以放盆花，需要多少盆。

佩君，妳這個地方不小，有一百坪，因為周日公司有舉行單身聯誼活動，所以需要佈置，限單身男女才能參加，你不行，你有女朋友了，結婚了沒？早分了，分手了，是上次健身房那個女的嗎？那是前前前任了，我已單身快三年了，那你要不要來參加，我給你報名，都是美女喔！

是嗎？不會吧！周日過來，搞不好你的真命天女就在現場，我幫你報名好了。建華不好意思推辭，只好答

應，周日下午二點至五點，一點半開始報到。你覺得店裡大約需要多少盆栽，我看了一下，大約需要十五盆左右，好，你幫我挑十五盆室內植物盆栽，三萬元預算，給你花店來處理，後天送過來佈置，建華，可以嗎？可以，謝了佩君，別客氣。

周日你記得穿帥氣一點，來挑女友……。

老爸，花店接到三萬元訂單，十五盆盆栽植物，後天要送去新女性健康中心，不錯，不錯，以前的舊同事當了店長，很捧場，後天花店下班後，召集二位員工一起去佈置。

到了周日在花店包花的建華，十二點休息時間，吃著麥當勞麥香雞、吃薯條、喝可樂，看著新聞報導，剩女超過三十歲，越來越不好嫁，相親公司應運而生，雨後春筍般急速發展……，對喔！今天下午一點半還要去新女性參加聯誼，我穿個 T 恤、短褲、拖鞋怎麼去，先吃完趕快換衣服，準備去現場報到……。

　　建華一身牛仔褲，配上上衣黑色西裝，內穿白襯衫，騎著機車趕快到現場。先生請來這報名，抽牌子，八號牌請別在左胸前，進去坐在男生區。

　　建華數著男生共有八位，看著對面女生只有七位，長相與龍鳳婚友社的女生差不多，低著頭綁鞋帶的建

華，這時八號女生進來，坐在八號位置，又多了一位，八號女生，長髮，長相一般，……主持人宣佈活動開始，先由男生一一介紹自己，接下來女生介紹自己……。

現在開始配對，請看自己胸前號碼，去找另一半成一組……。

現在共有八組，單元一〈大紅豆〉，桌上的二雙筷子，把盆子內的紅豆一顆一顆的移到另一個盆子算獲勝，評委請仔細看選手不能作弊，八號細心的薛凱莉，速度非常快，很快就夾完了。這一階段，八號獲勝，妳太厲害了，妳叫什麼？

我叫薛凱莉，在做民宿，我叫趙建華，在做花店

……。

　　第二單元〈削蘋果大賽〉，各組每組有十顆蘋果，最先削完的獲勝。凱莉也是很快的削完八顆，建華才削了二顆，恭禧又是第八組。最後一題，算鈔票，八組每組的金額都不一樣，誰算百元鈔最快又準確，就是今天的冠軍，獎金一萬元，凱莉妳來算好了……。不是我，是誰……

　　開始……，建華看著凱莉數錢數的飛快，就像點鈔機一般。

　　好了，請公佈數字，八萬八千八百八十八元，評委宣佈正確又快……。

　　主持人宣佈第一名是八組薛凱莉、趙建華這一組，

兩位請上台領獎。

這是一萬元及獎狀，掌聲鼓勵，恭喜，恭喜。

台下的兩人，一萬元每人五千元，都給妳凱莉，這三題都是妳答對的，我只是站在旁邊而已，我們是一組，應該平分才對。

不用了，給妳，凱莉說著，我們互留電話，建華我們下次碰面再來花這一萬好了。

好，下次見再約碰面……。

一個月後……。

建華，你手機響了，你在發什麼呆啊！喂，請問是

趙建華嗎？我就是……我是八號薛凱莉，喔！是妳。

　　我要找你一起去花這獎金一萬元，你什麼時候有公休不用上班，我周六公休，好，你周六中午十二點來我淡水民宿找我，我發地址給你，OK，我周六來找妳。

　　這個女生會打來，我還蠻意外的，以為她早已花完了一萬元，周六去找她，看她要幹嘛！

　　周六這一天晴空萬里，天氣真是太好了，往淡水方向的路上，一路上都是重型機車車隊結伴同行……，建華依著手機上導航地圖來到凱莉的民宿，停好機車，走到大門口，看著碩大的招牌上寫著：快樂民宿，建華大笑了三聲，我家花店是幸福花店。建華一進去就看見凱

莉在櫃台，正忙著客人辦退房，這個民宿就在漁人碼頭旁，這裡都是觀光客生意，一定是特別得好……。

走，建華，帶你去吃飯，我家二樓是餐廳，是自助式的，一起吃，不用錢，我請你，這個民宿是與我媽一起經營的，每個房間都面海……。

菜多夾一點，吃飽一點，吃完後，與你討論一萬元要怎麼花？

吃飽了吧？去一樓咖啡廳喝咖啡……。

你覺得要怎麼處理這一萬元呢？我先聽你說，我沒有想法，建華說著。

如果你沒有想法，哪，聽聽我的想法好了。我們有一萬元，我家開民宿，你家開花店，今天你來我家住一

晚，花二千元，你現在叫花店弄一盆盆栽來二千元的，妳這個主意不錯，雙方公司都有收入，還有六千元。二千元我今天下午帶你玩淡水，還有四千元，我們做公益，二千元給孤兒院，二千元給流浪狗之家，建華，你看這樣分配行嗎？可以，凱莉，妳真是太聰明了……。

這時候建華手機響了，是婚友社周經理打來，建華，我這裡又有三位新會員女生，您要看嗎？我在忙，以後再說……。

建華，現在你先叫花來民宿，我去櫃台帶你去看海的房型，弄完後，我帶你去漁人碼頭玩，晚餐在淡水老街吃，看海、遊紅毛城……。

明天早上再去把錢捐了做愛心公益。

下午凱莉帶著建華，預算二千元。玩到晚上，去了漁人碼頭，坐船去八里，參觀了紅毛城，在老街走了一圈，兩人又去吃了海鮮，在咖啡店裡看著海，聊著天，……給妳二千元花的錢，妳還很會理財，凱莉，家裡民宿都是我在負責財務，最近正值旺季，一屋難求，凱莉，妳是什麼星座的？我是巨蟹座，建華，你呢？

　　我是獅子座，一點也不像獅子，這些星座專家常常在電視上說什麼星座運勢，我覺得參考就好，不要當真。

　　我也是這樣覺得，有的人準，大部份的人是不準的，什麼星座配什麼星座不合，還沒交往，誰知道合不合，所以交友千萬不能只看表面的。

　　妳抽菸嗎？凱莉，我不抽，酒呢？我不喝，喝咖啡，

喝茶比較好喝。妳會打麻將嗎？我沒興趣也不會，Yes，太完美了……。

你要打麻將別找我，我不會，凱莉，妳有男朋友嗎？目前我沒有，分手一年多了。

我也沒有，喔！你也沒有，走吧，我們回民宿。我今晚住民宿什麼都沒帶，房間內什麼都有……。今天花了一千九百八十元，還剩二十元，前面有許願池，去許願，給你，一人十元。建華、凱莉兩人各自閉著眼，許著願，把十元丟入池中。

媽咪，我回來了，這位是？我的朋友建華，伯母好，他今天來捧場花錢，住我們家飯店。歡迎，給你房匙，

八號房，明天早餐是七點到九點，記得起來吃早餐，十點我們要去附近的孤兒院及流浪狗之家。

建華拿著八號鑰匙，開了房門，哇！淡水怎麼會有這種地方，這麼漂亮。這一天是建華這三年來最快樂的一天了。

沒交女朋友到月底就三年了，看了婚友社三年女生，還是這一位凱莉比較適合我，雖然外表不太起眼，但很耐看。先去泡個澡，休息休息。

房內的設計走時尚感，住起來不輸市區的五星級酒店，床軟硬適中，浴缸還是透明的，難怪很多人來這打卡，冰箱內有水、可樂、果汁、咖啡。

桌上的水果、巧克力，通通不要錢，難怪這家民宿

很有名。

　　一早起來的建華，在民宿外走了一圈看海，這個地方附近還有大型酒店，其他飯店蠻多的，有許多國內外遊客，可見這個地區有商機，竟然連一間花店都沒有。

　　用手機拍一些相片回去與老爸研究研究，快七點了，回去吃早餐。走上了二樓，採美式早餐，也有台式稀飯及小菜，其實早餐應該要吃的，在花店上班，每天都不吃早餐，九點才起床，其實早睡早起身體才會好。建華拍了民宿外觀、房內陳設，以及早餐、窗外海景上傳到 FB、IG 宣傳快樂民宿。

倆人開車去孤兒院。凱莉真是有愛心的女生，兩人來到孤兒院，一起把二千元捐給孤兒院，有媽的孩子是幸福的，這裡的孩童，有的是從小就沒有父母，有的是被拋棄的，所以有父母的孩子最幸福。捐完了孤兒院，前往流浪狗之家，建華你養過狗嗎？沒有，我養過一隻瑪爾濟斯，通人性，真乖的狗。狗是人類最好的朋友，動物那麼多，只有狗最具靈性，全世界有三種動物最受人喜歡，魚、狗、貓，只有狗最有樂趣，可以陪著主人溜狗，又可以看家護院，卻越來越多人不養了就丟，這不是要讓狗自生自滅去死嗎？流浪街頭的狗，被人類抓狗隊抓到，如果沒人養就會被安樂死。在冬天又要躲抓狗人賣給不肖商家冬令進補，被抓來吃，養牠就要照顧

牠一輩子，說得很激動的凱莉哭了，建華手握住了凱莉的手，狗真可憐，我們二千元會不會捐太少了。

心意比較重要，以後再來捐，就在前面了。聽到狗聲了，停好車的兩人，看著兩排關在狗籠裡的狗，大狼狗、柴犬、吉娃娃、黃金獵犬，怎麼感覺來到賣寵物狗的地方。先生小姐，我是園長，你們要來領養狗嗎？我們想來捐錢，歡迎，請來辦公室，園長這怎麼有如此多的各種狗，都是在路上流浪被義工看見，被帶回來的，能救一隻是一隻，如果不是你們這些愛狗人士持續幫忙，我們這一些流浪狗之家是沒有辦法支撐下去的。這時跑來二隻瑪爾濟斯，好可愛。小狗過來，我以前就是養瑪爾濟斯，這二隻小狗當初全身是皮膚病又瘦又有

病，被義工帶回來，好心的獸醫救助，才活了下來。妳看現在多健康，這二隻目前是我的愛狗，這裡天天都有人看狗、領養，我就像是狗媽媽，牠們被領養走時，我還會不捨呢！二位善心人士想要捐多少錢？園長正寫著收款收據，二千元，捐多少錢都是心意，謝謝二位，這收據及感謝狀給兩位，來這捐錢的善心人士，我們都會拍照留念，把相片貼在愛心人士榜上，你們一人抱一隻狗，女生抱吉娃娃，我抱瑪爾濟斯，男生力氣大，抱大狼狗好了，哇！好大隻，我抱不住，用牽著的好了，義工拿著手機，來，準備拍了，三、二、一……。

凱莉，今天真有意義，我們的生活過得太幸福了，

以後我要常常做公益，我們一起去……。車到了民宿，

這你的機車，對的，凱莉我先回去了，下午花店還要去

送花，凱莉，妳下週六有沒有空，我想約妳去逛街看電

影，可以，建華你不用來接我，我們直接約在電影院門

口好了，好，我回去了，你騎慢一點，再見……。

　　二月天還真是冷，建華騎著機車吹海風，還好天氣

好，沒下雨，這一天早上生活得真是充實，以後要常來

找凱莉，真希望明天是周六，等幾天很快就到了，……

進了市區的建華，回到了花店。

　　老爸我回來了，趙公子回來了，準備開花車去送花，

今天有三盆花要送，OK，沒問題……。老爸我周六要請假一天，有事，好，你有事就去忙，最好交個女朋友回來給老爸看。……建華笑著……

到了週六，建華手捧一束香水百合，買好了電影票在門口等著。看著手上的錶，建華，你手上的花要給誰的，送妳的，你怎麼知道我喜歡香水百合？給妳的，凱莉，真香，你先抱著，我們買一些滷味進去戲院吃，你們男生都喜歡邊吃滷味邊看電影喔！這不是擾民嘛！這麼香的食物帶進去，害得大家聞香，注意力分散，就不會專心看電影了，只想到吃。

我們買可樂及爆米花，出來再去吃滷味，好。

中間的位置，票買得好，兩人吃著爆米花，專心看著電影，聞著前面的人正吃著特香的香雞排味道，真的是，現在只想到餓了，想著等一下去吃什麼，看這部文藝片都快睡著了，倒是凱莉看得專心，終於散場了，電影在演什麼，建華也沒看明白。凱莉妳想吃什麼？我們去吃這個公館商圈最有名的肉圓、黑糖珍珠奶茶、四神湯，我都要吃，還要外帶二杯黑糖珍奶及二大塊比人臉大的香雞排回去給我媽吃，二人走在擁擠的夜市，建華牽起了凱莉的手，而凱莉也沒有拒絕，就這樣順其自然的走在一起……，這個肉圓以前媽媽常帶我去士林夜市吃，我覺得這家公館的比較好吃，打包打包，回去給媽媽吃，下次啦！四神湯配肉圓，許多的學生這樣就解決

了一餐，這裡是學區，學生多，吃完後，我們還要排隊買珍奶，兩人吃完，手牽著手來到黑糖珍奶店，看吧，都是人，有的人一買就是外帶二十杯，買那麼多幹嘛！照三餐喝喔！我常常送完花，只要經過這，我就會來買一杯，早上比較少人，快到我們了……。

　　老闆買四杯，少冰、糖正常……。兩人吸著珍奶，去買雞排，好喝吧？太好喝了，沒有女生不喜歡喝的，前面就有雞排了，真的比臉大，凱莉真是太可愛，建華看著凱莉這個女生，凱莉不就是我這幾年在等的人嗎？老闆多少，一百二十元，我來付，男生付就好，女生不要搶付帳。

　　走，買好了，我要回去了，我的汽車放在停車場，

走，一起去。

凱莉，回到家告訴我，開慢一點，建華你騎機車也要小心⋯⋯。

建華目送凱莉開車遠去，⋯⋯，我也應該去買個雞排珍奶給老爸吃，去排隊吧⋯⋯。回到家的建華手機上傳來 LINE 的消息，已到家，是凱莉⋯⋯。

媽，我們的民宿，我的名模好友寶兒可以代言快樂民宿了，不用代言費，給她吃住就好，真夠意思，我已安排了明天拍宣傳照，凱莉做事，媽媽放心，上次來過的建華，可以再找他來家裡吃晚餐，好好的認識他。

隔日一早，攝影隊來到快樂民宿，寶兒也來了。好姊妹寶兒，伯母，好久不見，謝謝寶兒來幫忙，必須幫忙，我們是超級好閨蜜，先化粧，早餐在這，先吃，大家工作人員自用別客氣……。

　　婚友社的周經理去電趙父，趙先生，您兒子在我們公司簽相親合約三年，到月底就到期了，前幾天有打電話給建華，公司安排了幾位女會員要相親，他沒有回覆，如果拒絕我公司安排相親，我們不退款的，如果真的看了公司安排的女生而沒有配對成功，我公司注重合約精神會退款，我方將在本周日早上九點到五點，在本公司安排所有適合趙公子條件的女生相親，好的，周經理，

我們一定到，謝謝你安排得服務週到，來者是客，滿意為止是公司宗旨，不滿意就退錢，是我們龍鳳婚友社的服務宗旨，我們周日見……。

請務必準時到達現場，穿正式服裝……。

建華，我凱莉，周日下午五點半，我媽叫你來我家吃晚餐，真的，丈母娘要請我吃飯，是伯母……。

我一定去，當然要去，週日五點半，好，早一點到，帶你先去海邊走走，好的凱莉，我早一點到……。

你在高興什麼？建華，老爸，最近我喜歡上一個女生。

幹什麼的？開民宿的，更特別的是，我們是幸福花店，而她們是快樂民宿，幸福快樂花店民宿，特別吧！很特別吧！

是與她媽媽開的，她媽媽周日要找我吃飯，幾點去，周日下午五點半，你來得及？什麼來得及？周日婚友社安排最後一次相親，早上九點到五點，一次給你看個夠，合約要到期了，為了退款，你一定要去相親，我們一起去他公司，周經理說，他準備了模特兒給你挑，老爸，他們公司退款退定了……。

周日的前一晚……。

明天是周日，要去看丈母娘了，穿什麼衣服比較

好？早上又要相親，穿西裝去，黑色的穩重，襯衫配藍色的，領帶就不必了，你在幹嘛？準備明天的衣服，雖然婚友社的女生很一般，看不上眼，我們還是要表現紳士，穿正式服裝去相親，退不退錢就看明天了……。

一早婚友社來了許多的待嫁女，周經理安排了一百位，打算給建華看個夠，周經理怕他們不來一直去電催促，我們快到了，放心，一定到，九點鐘，建華準時來到現場，什麼一百位，我要看到什麼時候，五點結束是吧，我一定要走，還有事，五點準時放人。

有八小時要看一百位，一小時看十二位左右，一位看五分鐘，開始吧！

一號開始，進去房間內相親，趙父，我們在外面看螢幕就好，現場有拍攝，建華雖然沒心情，還是盡本分的看完了這一百位女生。

　　趙公子，真的是很挑，本公司菁英部隊美女全部出動，還是無法配對成功，我公司失職、失敗，願意退還全部款項，趙先生下週可以來退款。老爸，我來不及了，建華你先走好了，這裡我來處理……。

　　我是覺得不錯，可是我兒子就是不喜歡，我也沒辦法，趙先生您是單身吧？

　　對，我是單身，我公司也有第二春套餐，可以給您參考……。

　　我就不必了，單身慣了，貴公司還是退款就好

……。

　　騎上機車，一路狂飆到快樂民宿的建華，為了趕時間，闖了紅燈，被後方的交警正好看到，一路鳴笛追趕，被抓到。先生，你騎這麼快幹嘛？你闖紅燈，出示駕照、熄火、下車……，警察先生，我趕時間，你趕時間？

　　生命比較重要，還是趕時間比較重要？再怎麼重要的事情，不差這紅綠燈的時間，出車禍怎麼辦？有很多不遵守交通規則的年輕人就是騎機車闖紅燈被撞死了。年輕人珍惜生命，要遵守交通規則，駕照還你，罰單給你，不要再闖紅燈了……。

　　警察叔叔說得對，安全最重要……，建華一路奉公

守法騎車到達快樂民宿，可惜來不及與凱莉手牽手散步在海灘上。

伯母您好，我們又見面了，……凱莉說你們家是開花店的，是的，與爸爸一起開的。來，吃菜，你喜歡凱莉……。

建華被伯母的這一句話嚇到，但還是馬上回答了心中的想法。

是的，伯母，我非常喜歡凱莉，喜歡她什麼？善良。那一天早上凱莉帶我去了孤兒院、流浪狗之家做愛心，才知道原來有這麼多的弱勢團體需要我們去關心去幫助，那一天我才覺得自己真是人在福中不知福，覺得當

自己以後能力越大時，一定要去幫助更多需要幫助的人。

　　不用等到你有大能力，幫助人不管你捐多少錢都是心意，小到連坐車讓座給老人，都是在做有意義的事情，每個人出生的環境不同，但要永遠保持一顆善良的心，你這個年輕人不錯。

　　找時間請你父親來一趟，我想找他聊一聊。

　　我答應你們交往，好好對待我女兒。

　　凱莉與建華餐桌布下的手一直彼此握著，沒有鬆開過。

　　謝謝伯母……。

　　倆人獲得了凱莉母親的同意交往，頻繁地天天約會

見面，趙父也非常喜歡凱莉。

　　凱莉就常來花店學習插花。老爸哪天去民宿與凱莉媽見面，下週五的十二點可以嗎？花店放假一天，去捧場民宿住一天，太好了，我通知凱莉……。

　　建華來到了一間珠寶店，想挑一個戒指。先生需要什麼樣的戒指，建華看了櫃子內上的戒指，動不動就是十萬二十萬的，看上了一個不錯的要價十八萬，我覺得凱莉要的是心意並不是一克拉的鑽石戒指吧！……挑了一個售價一萬的戒指，就這個了……。

　　老爸與建華一早開著花車來到了快樂民宿……。

　　停好車拿下行李，十二點已在門口等的凱莉，伯父

好，請進。

先進房，這房匙，我媽媽請客，住不用錢，不用給我們錢，不收的。

這怎麼行，不用，真的不用，建華明天送個二十盆盆栽過來。

好的，老爸，霸氣的老爸，建華，我們家的家訓是「誰真心對我好，一定要加倍奉還」，要記住，家訓是要傳下去一代又一代的。

放好行李後，可以到二樓餐廳，我媽已在餐廳等大家一起用餐。

好的，凱莉，我們馬上過去……。

伯母，這是我父親，真是謝謝！我是來捧場住宿的，反而還來這住不用錢的，別客氣，小意思，我家凱莉與建華在一起，我想有必要與家長碰面坐下來吃個飯，用菜，別客氣，建華有時候還會跑來幫忙招呼客人，把行李弄上去房間，高級酒店才有行李服務員，我這小小民宿還上了旅遊雜誌票選為最佳民宿服務獎，真是建華的功勞常來幫忙，我敬你們，謝謝建華，來，乾杯。

應該的伯母，你有想到一樓的區域還可以加入別的用途嗎？好，我想想，一樓只有櫃台區，還有客人等候區，左邊有一大塊區域是空的，很可惜，我也是這樣覺得，我們到樓下一樓去看一下，看能做什麼？

老爸，老媽，下樓去看場地，我爸點子最多了，看

一樓能做什麼？

　　建華夾了一塊牛排給凱莉，莉多吃一點，我看他們聊得蠻愉快。

　　趙父、薛母看完了一樓場地後，上來了二樓餐廳，兩人一拍即合，雙方可以合作，凱莉、建華，我們都是一家人，我們一起合作成立「幸福快樂花店民宿」，在一樓成立花店，左邊的大區域還可以承包這附近的飯店花藝佈置，以及飯店內結婚現場的花藝佈置。

　　這附近飯店我熟，有三家還是我高中同學開的，這事可以做。

　　凱莉妳帶建華去玩，我與趙伯伯繼續開會討論。

你們去玩吧！開我的車去，好的媽咪……。

兩人上了車，凱莉開車，建華我帶你去漁港玩……。

兩人一路往漁港方向走。

建華看著凱莉，手裡握著戒指，在找適合的機會向凱莉求婚，難得看媽咪這麼開心，民宿的生意一直很好，前一陣子還有投資集團想買民宿，我媽不賣，附近都沒有花店，在一樓開花店一定會成功。

凱莉嫁給我……建華小聲說著。

酒店內結婚的會場也會需要大量花的佈置……。

凱莉嫁給我……。

這時凱莉聽到了，大笑了三聲，那有人在行進間的車上求婚的，凱莉停在路邊紅綠燈斑馬線上……。

當下建華拿出戒指向凱莉求婚……。

嫁給我。

雖然我不是很有錢，但婚後的錢都是妳的。

雖然現在我還沒有買房，但我一定會努力賺錢，買的房子登記妳的名字。

我不會惹妳生氣，妳生氣一定都是我的錯，老婆最大。

大事我做主，小事妳做主，我們家沒有大事。

雖然這個戒指不是一克拉的卡地亞鑽石戒指，我答應妳，我一定會努力賺錢買一顆一克拉的送給妳。

　　我珍惜兩人的緣份，今天是我們認識的八十八天。

　　我已經當了三年的宅男，沒有交過女朋友，妳的出現是老天安排的，碰見喜歡的人不容易，我不想孤獨到老……。

　　凱莉，嫁給我……。

　　凱莉說著……

　　建華，有錢沒錢，我們盡力就好，生活過得去就好，吃好吃壞，吃貴吃便宜的，只要飽就好，有錢一起花，沒錢我們一起賺。

　　建華，就算你買不起房也沒關係，現在的房子這麼

貴，買房盡力就好。

我們家雖然是叫民宿，房間數還不少，我們還怕沒地方住嗎？

但這是妳們家的，如果我們結婚了，還分什麼誰家的，我家就是你家。

戒指不論大小，心意最重要，不管多大顆的鑽石戒指，有真心的男人最重要，建華，我要的是你的上進心、孝心……。

戒指大小不重要……我是一個敢愛敢恨，對感情專一的女人。

我見多了有錢公子哥，我也不屑男人砸錢買女人的心。

家裡有任何事情，都可以一起商量，不用分什麼誰大誰小，是夫妻就一起商量，一起去解決，不是嗎？

　　還有千萬不能外遇，你外遇我馬上離婚。

　　凱莉，妳說得太好了……

　　你做得到嗎？建華？

　　我做得到。

　　你覺得我說這一些有道理嗎？

　　太有道理了……

　　你願意嫁給我嗎？凱莉？

　　只要你做得到，我剛剛說的這一些事，我就閃婚，嫁給你。

　　我趙建華一定會做到這些事，並在婚後共同經營這

來之不易的幸福家庭。

　　薛凱莉……妳願意嫁給我嗎？

　　我願意……建華激動著一把抱住了凱莉。

　　兩人相抱擁吻著……。

　　玻璃的拍打聲，暫停了兩人的親密行為……

　　是交警，難道在車上接吻也是犯法嗎？建華自言自
語著。

　　交警認出了建華，又是你這個機車小子……。

　　怎麼了，警察先生？

　　闖紅燈的罰單記得去繳，警察告訴建華。

我們以後不會在車內接吻了。

你們在車內接吻，身為人民保姆警察的我，管不著，但是，你們的汽車停在紅綠燈斑馬線上，影響行人安全，我就管得著了，行駕、駕照、熄火⋯⋯。

凱莉給了交警，行照、駕照⋯⋯。

盡責的交警仔細在比對車體開罰單。在車上的二人大笑著，到時候我們的婚禮，找這位警察叔叔來現場當婚禮見證人⋯⋯，我看行⋯⋯。

（待續）

大好文學 5

我的8號女友

作　　者｜高小敏

出　　版｜大好文化企業社

榮譽發行人｜胡邦崐

發行人暨總編輯｜胡芳芳

總 經 理｜張榮偉

主　　編｜古立綺

編　　輯｜方雪雯

封面設計｜陳文德

封面插畫｜Bai Lee

美術主編｜楊麗莎

美術編輯｜張小春

行銷統籌｜胡蓉威

客戶服務｜張凱特、張小葵

通訊地址｜11157臺北市士林區磺溪街88巷5號三樓

讀者服務信箱｜fonda168@gmail.com

讀者服務電話｜02-28380220、0922309149

讀者訂購傳真｜02-28380220

郵政劃撥｜帳號：50371148　戶名：大好文化企業社

版面編排｜唯翔工作室 (02)2312-2451

法律顧問｜芃福法律事務所　魯惠良律師

印　　刷｜鴻霖印刷傳媒股份有限公司　0800-521-885

總 經 銷｜大和書報圖書股份有限公司 (02)-8990-2588

ISBN　978-986-97257-3-6　（平裝）

出版日期｜2019年3月15日初版

定　　價｜新台幣280元

國家圖書館出版品預行編目資料

我的 8 號女友 / 高小敏著. -- 初版. -- 臺北市：大好
文化企業, 2019.3

304 面；15×21公分. --（大好文學；5）

ISBN　978-986-97257-3-6　（平裝）

857.7　　　　　　　　　　　108000104